Je voulais vous dire...

Henri Leconte

Propos recueillis par
Dominique Bonnot, de *L'Equipe*

Je voulais vous dire...

Préface de Yannick Noah

Plon

ISBN : 2-259-20032-X

A ma mère

Préface

HENRI

(dit « le Marquis » pour les potes)

La première fois que je t'ai vu, c'était lors d'une exhibition dans la banlieue est de Paris, vers la fin des années 70. Tu devais avoir treize ou quatorze ans, et les jambes placées directement sous les bras. Toutes maigres. Tu portais une tenue Tacchini blanche, avec des manches rayées bleu-blanc-rouge, comme John McEnroe. Comme John, tu étais gaucher. Tu étais venu avec « Tutu » (Thierry Tulasne). Tout le monde parlait de ton talent, moi j'avais dix-huit ou dix-neuf ans, et je m'en foutais. Mais même si, à cette époque-là, je ne pensais qu'à ma gueule, j'ai réalisé qu'avec toi on pourrait taper l'ancienne génération : les Proisy (Pepito), Dominguez (Merguez), Jauffret (La Gauffre). Nous voulions être les tauliers du tennis français, les tauliers de la Coupe Davis. D'ailleurs, tu étais déjà avec nous pour la rencontre contre les Tchèques à Roland-Garros, en juillet 1982. Un grand moment ! On avait battu Slozil-Smid en quatre sets pour ton premier match. A la fin, tu t'étais jeté dans mes bras en criant : « Maman ! Maman ! »

C'était l'époque des « Nouveaux Mousquetaires » : Noah-Portes-Moretton, et Bedel. L'époque où Jean-Paul

Loth était le patron, capitaine de Coupe Davis. Il nous répétait à longueur de rencontres : « Calme-toi », mais à 5-4 au quatrième, il tremblait encore plus que nous ! Il nous tendait la serviette-éponge au lieu de la raquette aux changements de côté, tellement il était ému. Tu te souviens, ça nous faisait marrer ! Sacré Jean-Paul ! On a bien rigolé, avec Robert (Laurens, le kiné de l'équipe de France), et Cous' (le Dr Cousteau). J'ai les fiches...

On s'est tapé de beaux délires ensemble. On a vidé les mini-bars, mis le bordel dans pas mal de chambres. Tu te souviens du restaurant qu'on a détruit à Monte-Carlo ? C'est vrai que le patron était d'accord... On a pris de belles murges tous les deux. Tu t'es marié deux fois, je me suis marié deux fois, mais combien de fois avons-nous refait le monde ?

Des copines de mes copines ont été tes fiancées. Dire que les gens croyaient qu'on se détestait...

Avec toi, certains soirs encore, on aime bien dégoupiller, partir en vrille. Mais il y a souvent un moment dans la soirée où moi il faut que je continue à refaire le monde. Et là, souvent, toi, tu t'arrêtes. C'est « avis de tempête ». Tu ne dis plus rien. Tu penses. J'ai peur que tu ne souffres. Mais comme tu gardes tout à l'intérieur, on ne peut plus t'atteindre. Et comme dit Florentine [la fiancée d'Henri], aujourd'hui, en imitant le geste du rameur : « Pour aller te rechercher dans ces cas-là, c'est d'Aboville ! »

En tant que joueur, tu étais impossible à déchiffrer. Incontrôlable, imprévisible. Tu nous surprenais tout le temps. Tu ressentais des tensions quand tu avais tout lieu d'être relax, mais tu pouvais aussi te montrer parfaitement relax, dans une situation de stress extrême. Je n'aimais pas jouer contre toi, parce que rien ne dépendait de moi. Je ne dirigeais rien, tu créais toi-même toutes les situations.

Tu sais que sur le Seniors Tour, nous sommes plus ou moins en sursis. Aujourd'hui, nous ne pouvons plus gagner notre vie avec notre tennis, ce talent qui nous a fait vivre toi et moi pendant plus de vingt ans.

Putain, on vieillit... Une page se tourne, Henri !

Je sais que tu as des tas de projets, mais j'aimerais bien que parmi les pistes que tu emprunteras il y en ait une qui te passionne et que toi seul choisiras.

Je ne sais quelle forme prendra ta prochaine vie, mais je pense que ton expérience pourrait apporter un plus au tennis français. Je suis convaincu que tu pourrais aider un gars, une fille – pourquoi pas ? – à gagner Roland-Garros. Tu as vécu le métier de l'intérieur. Merde, tu as été un champion ! Et un champion propre (je me comprends !) en plus !

Longtemps, on t'a reproché de te laisser influencer, et en particulier par moi. C'est vrai que tu m'as copié à certains moments. Mais c'était bien plus subtil que cela n'en avait l'air. Tu étais plus jeune, et tu essayais de suivre un chemin. Ta nature te pousse à avancer au feeling, à l'envie, à l'émerveillement. Et quand on est ainsi, il n'est pas toujours facile de maintenir un cap. Pourtant, tu en as ressenti le besoin. Tu t'es battu pour ça. Si nous avons pu fonctionner aussi bien ensemble, c'est parce que, parfois, tu as accepté de ma part des choses que tu n'aurais acceptées de personne d'autre. J'en suis conscient, et je t'en remercie.

Quand j'étais au fond, Henri, tu étais là.

On a réussi à créer un lien qui a dépassé le cadre du boulot. Lorsqu'il y a eu des dérapages dans ma vie, tu m'as aidé. De façon délicate, à ta manière : c'était juste une présence, mais c'était une vraie présence.

Cela ne m'a pas surpris.

Bien au-delà du tennis, ce qu'on ressent l'un pour l'autre est un sentiment profond et durable. C'est rassurant pour moi de te savoir proche, comme pour toi, je le pense, de me savoir à tes côtés.

Tu avoues volontiers qu'il t'a fallu arriver à me détester pour me battre sur « mon terrain », à Roland (en 1985). Moi, même avec le recul, je ne crois toujours pas que c'était une bonne idée. Tu jouais aussi bien que moi, et tu avais autant de chances, intrinsèquement, de gagner que moi. Si tu m'as détesté, c'est parce que des personnes l'ont souhaité, mais pas seulement pour ton bien, pour le leur aussi. Des gens qui m'en voulaient se sont servis de toi pour m'atteindre. C'est dommage, on aurait pu faire ça entre hommes, rien qu'entre nous deux. Je sais que tu n'avais pas besoin d'eux pour me battre. D'ailleurs, as-tu des nouvelles d'eux ? Tu étais très fort. Et puis surtout, dans ta tête, tu ne tenais pas spécialement à jouer « contre » moi. Tu jouais parce que tu aimais le jeu, et partager tes émotions avec le public.

Les articles qui paraissaient sur nous nous mettaient mal à l'aise, tu t'en souviens. Nous étions toujours ensemble, nous jouions le double ensemble (nous avons tout de même remporté Roland-Garros en double tous les deux), nous faisions des conneries ensemble... Je n'aime pas trop dire : « C'est pas nous, ce sont les médias ! » N'empêche que c'était une aubaine que deux

Français se tirent dessus à boulets rouges ! Ça faisait plaisir à ceux que ma « personnalité » dérangeait.

Finalement, Henri, il ne t'a manqué qu'un match pour faire une meilleure carrière que la mienne.

Tu aurais pu gagner Roland-Garros. Tu aurais également pu gagner Wimbledon. Le hasard a placé deux fois un grand Boris Becker sur ta route, dont une fois en demi-finale. Ton nom ne figure au palmarès d'aucun Grand Chelem en simple, mais n'empêche, tu as marqué l'histoire du jeu.

Bien sûr que j'avais les boules quand je n'étais pas le meilleur tant que ma carrière a duré ! Et quand tu disputes la finale de Roland-Garros en 1988, je suis en Californie, je ne veux pas que tu l'emportes ! C'est vrai. A ce moment-là, j'aurais eu les boules que tu gagnes. Et quand tu perds, je l'avoue sans détour, je suis content ! Parce que, lorsqu'on est numéro 1 dans le cœur des gens, on ne veut pas que ça change... C'est le sport, c'est la vie.

Cela ne m'a pas empêché de t'aimer. Parce que tu es droit, honnête, pas tordu, pas vicelard. Tu peux dire ou faire des conneries, parce que tu as de ces élans du cœur que bien des gens ne peuvent pas comprendre. Mais tu es entier. Tu es fidèle. Il y a en toi une folie, une folie douce, que je n'ai jamais trouvée chez personne d'autre. Quand tu es bien, cela se voit, comme quand tu es mal aussi, d'ailleurs. Mais tu ne prends jamais la tête à personne. Toujours très digne dans ton attitude.

Tu n'es jamais agressif, tu ne ferais pas de mal à ton prochain. Tu ne donnerais pas un coup de poing, tu n'es pas violent, et pourtant tu ne te laisses pas emmerder.

De tout ce que nous avons partagé, c'est la Coupe Davis de 1991, à Lyon, qui m'a le plus marqué.

Aujourd'hui, j'ai l'impression que la seule fois où tu t'es vraiment envoyé en l'air dans le tennis, c'était là-bas, quand tu nous as aimés autant que nous t'avons aimé. Tu possèdes un capital d'amour énorme, et je regrette que, à cause de ça, tu te sois pris plusieurs fois des murs dans la gueule.

Ta victoire sur Sampras est la plus belle victoire que j'aie vécue en tant que capitaine. De toutes les relations qui m'ont uni à des joueurs, c'est le plus beau truc qui me soit arrivé.

En trois mois, tu es passé de la mort au Nirvana.

Et comme tous les gens revenus de leur lit de mort, tu es entré dans une dimension émotionnelle qui t'a rendu imbattable.

Hagel (Patrice Hagelauer) et moi, nous te sentions en danger. Tu n'étais pas bien dans ta peau, à l'époque. Tu étais triste, mal dans ton corps, mal à l'âme. Je ne t'avais jamais vu dans un tel état. Tout ce qu'on pouvait faire, c'était t'encourager, et finalement cela s'est déroulé comme dans un rêve. Elle est... mystique, cette histoire !

Je t'ai simplement dit : « Voilà comment tu pourrais faire pour... » Et tu es parti au quart de tour, tel un soldat monstrueux. Tu as entr'aperçu une vision d'espoir, pour toi, pour nous, et tu t'es transcendé. C'était ta survie, ton avenir qui étaient en jeu, et c'était notre seul espoir de battre les Américains.

Henri, je voudrais que tout le monde sache quel immense bosseur tu es. Tu avais, certes, besoin de dégoupiller de temps en temps, mais, au moins 250 jours par an, tu travaillais comme un jobard. Tu n'as pas été épargné par les blessures, ni le doute qui accompagne les rééducations. C'était pénible, chaque fois, de revenir à ton niveau. Mais le résultat, c'est que tu as assuré, et que tu l'as gagné, le bordel !

C'est ton plus beau trophée ! C'est le truc qui prouve à quel point on peut te faire confiance !

Symboliquement, quel pied d'avoir gagné ensemble. L'image de ces « ennemis » finalement enlacés ! Et cela paraissait soudain tellement juste, tellement évident.

Je suis très fier d'avoir un peu participé à tout ça. Fier, et ému. C'est une des rares fois de ta carrière où tu as pu profiter d'une véritable reconnaissance de ton talent.

Tu as connu des plans où les gens te détestaient. Mais subitement ton génie, ta générosité, ta simplicité se sont révélés à la France entière.

Henri, tu sais que tu figures dans mon album de famille, en bonne place. Et je pense que je suis dans le tien. Chaque fois que je regarde la photo de cette finale de Coupe Davis, ça me fait mal au bide. Et c'est bon d'être sûr que quand tu la regardes, toi aussi, tu as mal au bide. Comme moi.

YANNICK NOAH.

1

JOHN

En novembre dernier, à Monte-Carlo, j'ai encore battu John Mc Enroe lors d'un match du Seniors Tour. En jouant le feu de Dieu ! En jouant comme lui, en fait. Je volais littéralement sur le court. Petites préparations devant moi, et hop ! Au filet ! Tchac, la petite volée posée...

John déteste perdre, en général. Mais perdre contre moi l'agace encore plus. Alors évidemment, il s'est énervé. Il a balancé sa raquette dans les loges d'un sponsor, incapable, à quarante-quatre ans, de relativiser l'importance de cette défaite. Mac, ça fait depuis le début du Seniors Tour qu'il est premier du classement. Indéracinable. Il n'y a pas un joueur parmi les « vieux » qui prenne les matchs autant à cœur que lui. Nous aussi, nous essayons de donner le meilleur de nous-mêmes, mais le classement ou le score du tie-break sont vite oubliés dès que nous nous retrouvons autour d'une table, avec nos femmes ou copines, à refaire le monde, ou à discuter avec les gens qui ne manquent pas de venir nous saluer. C'est d'ailleurs ce qui fait le charme de cette compétition, restituer un peu de l'esprit qui régnait dans les années 80, un mélange de compétition âpre et de fêtes improvisées. Mais avec Mac, c'est gagne, ou... gagne ! C'est zéro alternative. Et ça, je l'ai compris dès que je suis arrivé sur le circuit des anciens.

C'était à Hong-Kong, il y a six ans, dans un endroit magique : le « Nouveau Théâtre ». Un dôme inspiré du Madison Square Garden, avec trois salles immenses, surplombant la mer. C'était la première fois qu'on se retrouvait, John et moi, l'un en face de l'autre, depuis la fin de notre vraie carrière (j'ai arrêté en 1996, quatre ans après lui). Toute la semaine s'était admirablement bien passée. Avec nous, il y avait Johan Kriek, Andres Gomez, Yannick Noah, Mats Wilander... John était dans ma poule de qualifications. Le match s'engage. Le jeu est assez serré, l'ambiance tendue, et à un moment donné, il essaie de mettre l'arbitre en mauvaise posture. Il faut savoir que Mac est quelqu'un qui aime bien utiliser la provocation. S'il sent qu'il n'est pas au-dessus de la mêlée, il commence à vous chercher des poux dans la tête. Il se met à vous regarder de travers, ou à vous déstabiliser, mine de rien. Il marmonne, vous défie du regard. En l'occurrence, je devinais qu'il me disait à peu près ceci : « Qu'est-ce que tu fous ? »... « Tu es lent ! »... « Tu es vieux ! »... « Qu'est-ce que tu fais sur ce circuit, c'est pas pour les tocards ici ! »...

Je sentais que le ton montait. 3 partout. 4 partout. Première balle de break en sa faveur, je monte au filet, il fait un lob, je smashe sur la ligne, imparable. Le juge de ligne compte la balle bonne. C'est alors que Mac explose de rage, il devient carrément fou, mais fou furieux ! Il hurle : « La balle est faute, etc. » Une caricature de lui-même ! Il commence à gémir, à gesticuler, à s'indigner, les bras comme un moulin à vent... Bref, tout le cinéma dont tout le monde se souvient, et moi, un peu agacé, je lui dis sur un ton ferme : « Ecoute, arrête de gueuler comme ça, tu sais très bien que ma balle est bonne... »

Mais mon intervention ne le calme nullement, bien au contraire. Il pète les plombs, se met à hurler : « Va te faire foutre, espèce d'enc... De toute façon, si tu joues sur le Seniors Tour, c'est grâce à moi ! C'est moi qui décide de tout ici, tu n'es qu'un petit con... » Et il a le malheur d'ajouter une insulte à l'encontre de ma mère. Et ça, je ne le supporte pas.

Comme il s'agit d'une exhibition, je me dis : le règlement, je m'en fous ! Au point où j'en suis, tant pis. Je décide d'enjamber le filet, très calmement, ce qui est parfaitement interdit, et j'avance sur lui, froidement, pas énervé, mais déterminé à, éventuellement, lui mettre mon poing dans la gueule, car il a dépassé les bornes. Il se rend compte qu'il a dit des choses assez graves, et tout en me surveillant du coin de l'œil, il en appelle à l'arbitre. Je vois dans ses yeux qu'il a peur : « Regardez, regardez, il a passé le filet, il n'a pas le droit ! »

Je continue d'avancer, imperturbable, et je pose mon nez sur son nez. Sans sourciller, et je commence à lui parler, tout doucement : « Ecoute, John. Je te respecte en tant que joueur pour tout ce que tu as fait. Mais en tant qu'être humain, je ne te respecte pas du tout. Tu es un vrai connard, et maintenant je te le dis carrément : tes conneries, j'en ai marre ! »

Je laisse tomber ma raquette et je le préviens : « Maintenant je vais t'en mettre une. » La tarte à cinq doigts, depuis le temps qu'il la méritait, il allait l'avoir ! Et là, vous voyez un McEnroe qui balbutie et recule, totalement paniqué. Et moi qui insiste : « Allez, on va se battre ! »

Et tous les autres sur le bord du court, Yannick le premier, morts de rire : « Vas-y Henri ! » Je les voyais, derrière l'épaule de John, se marrer, mais je gardais mon air mauvais pour continuer de faire peur à John. J'étais en colère, mais une colère maîtrisée. On pense que je suis quelqu'un de fougueux, d'impulsif, mais en fait, pas du tout. J'étais en colère contre ce mec qui s'était permis d'insulter ma mère, mais assez lucide pour saisir le côté cocasse de la situation. Evidemment, si Mac avait continué sa provoc et que ma main soit partie, là, il aurait fallu m'arrêter. Je ne me suis pas battu souvent, mais ceux qui m'ont poussé à bout, je crois qu'ils s'en souviennent.

Finalement, je perds le match, 7-6, 6-3, mais je me qualifie pour la finale en battant Wilander, pendant que Mac bat Yannick dans l'autre demi-finale, de sorte que nous nous sommes retrouvés à nouveau face à face pour la finale. Tout le temps qui s'était écoulé entre notre altercation et cette finale, je n'avais plus revu Mac. Il avait passé son temps à m'éviter : pas de Mac dans le hall de l'hôtel, ni dans la voiture officielle, ni dans l'ascenseur qui menait au court. L'attitude du gamin qui a fait une connerie et qui s'entête à ne pas vouloir dire « pardon ». D'ailleurs, il ne m'a même pas dit « bonjour », ce jour-là, mais j'ai gagné 7-6, 6-0 en jouant superbien. Du grand Riton ! 6-0 : il n'a pas touché terre ! Il était vert de rage, mais il ne s'est pas autorisé le moindre commentaire. A la fin, il m'a quand même serré la main, mais on ne s'est plus reparlé pendant sept mois !

Chaque fois qu'ils racontaient cette histoire, les joueurs étaient morts de rire.

Mais ils me soutenaient car Mac avait déjà insulté pas mal de gars, dont Pernfors et Kriek, qu'il avait traînés dans la boue. Les joueurs avaient tous des griefs à faire valoir à propos de John et de son comportement parfois inqualifiable, mais ils n'osaient pas aller au bout. Tous disaient : « Ouais, il faut lui dire qu'il y en a marre à la fin ! Pour qui il se prend ? Faut que quelqu'un le remette à sa place ! » mais ils en restaient là. Et moi, la veille encore, je leur disais : « S'il m'avait fait le quart de ce qu'il vous a fait, je lui aurais mis ma main sur la gueule ! » et, dès le lendemain, l'occasion se présentait...

John et moi nous sommes réconciliés pendant le tournoi de Dublin, l'année suivante, par le biais de Sergio Palmieri, l'ex-agent et ami intime de John McEnroe. Ils étaient avec Yannick Noah, Mats Wilander, l'Anglais Jeremy Bates, au bar de l'hôtel. J'arrive, je serre la main de tout le monde, et devant John, forcément, je marque un temps d'hésitation. Sergio, avec son inimitable accent italien nous lance : « C'est bon, vous allez arrêter, vous deux ! » Emu, je m'avance vers John : « *Happy Birthday, John !* » Il se lève, il m'attrape la main, puis il me prend dans ses bras, et murmure : « *Thank you, Henri, I respect you.* »

Dans son bouquin paru l'an dernier, John a écrit une phrase du genre : « Leconte ? Il est fou ! » Et quand il est venu sur le plateau de France Télévisions, l'an dernier, à Roland-Garros, où je l'avais invité, il a remis ça : « Henri, il est encore plus fou que moi ! » a-t-il déclaré.

Je suis sûr que John est un grand timide qui cache cette timidité derrière son extravagance et son sens de la provocation.

John compte énormément pour moi. C'est quand même à lui que je dois mes premiers (et uniques) morpions ! Il les avait importés de je ne sais où dans les vestiaires de Roland-Garros, il y a une vingtaine d'années ! Comme quoi j'aurais dû me méfier ! On était tous à ce frotter rageusement le pubis comme des malades. John, ça a toujours été pire que du poil à gratter...

Et, tel un ange gardien, ou plutôt un « démon-gardien », il a souvent été présent dans les grands moments de ma vie. Et j'ai même cru qu'il serait le premier sur les lieux de mon enterrement !

Car le fameux soir où nous nous sommes réconciliés à Dublin, en fait je ne me sentais pas bien du tout. Depuis quelques semaines, déjà, je marchais au radar. J'avais attrapé une espèce de virus à Punta del Este. J'étais tout le temps crevé. Et plus les semaines passaient, et plus j'avais des pertes de mémoire, la folie !

Par exemple, je me trouvais au restaurant avec des amis, je passais la commande, et au bout d'un moment, j'interpellais le garçon pour qu'il m'apporte enfin... le menu ! Il m'expliquait que j'avais déjà passé commande, et je restais coi, sauf quand le plat arrivait, effectivement. Alors je le rappelais pour lui dire que je n'avais jamais commandé ce plat-là ! Les potes pensaient que je faisais un numéro un peu lourd, mais pas du tout ! Autre exemple, un ami passait chez moi, on prenait un café ensemble. On discutait, et l'après-midi, je l'appelais pour lui demander quand il comptait passer chez moi pour... prendre un café ! De la folie ! Tout le monde croyait que je devenais dingue...

Bref, à Dublin, je dispute mon premier tour contre Jacob Hlasek, et pendant le match, je sens une poussée de fièvre monter en moi. Je commence à transpirer à grosses gouttes, comme si l'on me déversait des seaux d'eau sur la tête. Mais surtout je commençais à avoir la nuque raide. Mac et tous les autres se sont mis à flipper, surtout lorsqu'ils m'ont vu vomir en attendant l'ambulance.

En fait de virus, j'avais une méningite.

Heureusement, je suis tombé sur des médecins experts en la matière, alors que l'hôpital, le Black Rock Clinic, avait la triste réputation de ne laisser sortir ses patients que les pieds devant. On m'a placé dans le noir, tout seul, vingt-quatre heures, sous perfusion, ponctions lombaires, etc.

A un moment donné, je crois entendre dire que j'ai une « tumeur au cerveau ». Je me résigne aussitôt : « C'est bon, j'y suis, je vais mourir. » Je voulais signer des papiers pour mes enfants, je relevais la tête, je retombais dans le gaz, je remontais, retombais...

On représente souvent les instants qui précèdent la mort comme une sorte de couloir blanc dans lequel vous voyez défiler votre vie : je crois bien que je l'ai vu ! J'ai vu la mort. J'ai entendu la voix qui disait : « Viens... »

C'était une dimension inconnue, attirante. J'entendais des chants célestes, et en même temps une voix forte qui disait : « Bon allez, déconne pas, on a encore besoin de toi ! » Je sentais les choses comme si j'avais vraiment le pouvoir de décider de mon sort. Comme s'il y avait la main de la vie et la main de la mort qui se tendaient simultanément vers moi, et que je pouvais décider celle que je voulais prendre. J'ai vu mes enfants rire, je me suis vu jouer au tennis dans les grands matchs, et en fait, très vite, j'ai réagi ! Je me souviens d'avoir voulu m'accrocher à la vie de toutes mes forces. Et je m'en suis sorti, même si les premiers temps de ma convalescence je perdais sans arrêt l'équilibre : j'allais tout droit au lieu de tourner – Baoum ! – je tombais sur le côté ! Je me relevais, hébété. J'ai mis un an à m'en remettre. J'ai eu d'autant plus peur que je connaissais le processus d'évanouissement. Cela m'était arrivé deux fois sur un court, à cause de la chaleur, une fois en Australie, et une fois à Memphis contre Connors.

En même temps, cet épisode presque tragi-comique de ma vie a fait naître en moi une nouvelle confiance. Comme si j'avais pu valider à nouveau ma place dans la vie. Comme si le bon Dieu avait pris la peine de me faire un petit coucou pour m'encourager à continuer à me battre.

Pour en revenir à John, je ne peux pas croire qu'il ait pu se doper, et je pense que les déclarations qui ont circulé début janvier concernant une prise de médicaments dangereux à son insu pendant six ans ne peuvent être le fruit que de malentendus. Même si, à l'époque, il n'y avait pas les contrôles qu'il y a maintenant, j'ai moi-même toujours été surveillé, médicalement, et vachement vigilant par rapport aux médicaments qu'on me donnait quand j'étais blessé. On ne m'aurait jamais fait avaler n'importe quoi pendant six ans ! Je suis consterné que le doute soit né des déclarations un peu floues ou mal comprises qu'a faites John dans un journal anglais dont il est le consultant. Je pense qu'il voulait simplement dire qu'il avait ignoré pendant longtemps la dangerosité des médicaments qu'on lui donnait et qu'il a su, a posteriori, que ces dits médicaments, pourtant non considérés comme dopants, n'en étaient pas moins dangereux, au point qu'ils aient été interdits même pour les chevaux !

Je ne cherche pas à innocenter John à tout prix, mais à rétablir une certaine vérité. Car croyez-moi, si ses « aveux » avaient été fondés, qu'il ait affirmé haut et fort : « Oui, moi John Mc Enroe, je me suis dopé ! », ce qui n'est absolument pas le cas, je ne lui aurais trouvé aucune excuse. D'un seul coup toute la magie du personnage aurait été balayée à mes yeux, et je ne lui aurais pas pardonné, ni même accordé de circonstances atténuantes. Je n'ai jamais rien pris de toute ma vie, et je persiste à penser qu'il n'y aurait pas pire désillusion pour moi que d'apprendre que celui que j'ai tant admiré, qui m'a réellement inspiré dans ma carrière, ait pu me tromper, et avec moi tous ceux qui sont même encore aujourd'hui fascinés par son génie.

2

LE JOUR DU DISCOURS

Extraits empruntés aux archives de France Télévisions. Ce que j'ai vraiment dit, après avoir perdu contre Mats Wilander, en finale de Roland-Garros, le 5 juin 1988. Pour mémoire, j'ai servi à 5-4 au premier set, mais par la suite je n'ai plus marqué que trois jeux. Je suis défait. Mats vient de remercier tout le monde. Je prends le micro et, voilà...

« Je crois que c'est difficile de dire quelque chose après avoir joué une finale. Je suis très heureux d'être ici aujourd'hui malgré que Mats avait très très bien joué. Il m'a fait mal jouer parce que c'est une chose, euh... c'est sa grande force. Et je vous remercie, le public, je pense que j'espère que vous avez un petit peu compris mon jeu. C'est un jeu difficile »... (Bronca.)

Jean-Paul Loth : « Ah, ah, ah, ah, ça ne manque pas d'humour... »

Daniel Cazal : « Non, mais il a raison, c'est vrai, c'est son jeu d'attaquer, bon, bah... »

Un spectateur : On t'en veut pas, Henri ! »

Moi : « Ah ? Bon ! Bon...Tout ce que je peux dire, c'est qu'il y a deux mois, j'étais très loin et je suis revenu ici je pensais vraiment pas faire un grand tournoi. »

Un spectateur : « On va pleurer.. »
Moi : « Et toi, tu vas pleurer aussi ? »
Jean-Paul Loth : « Ah, ah, ah... »
Daniel Cazal : « Il craque un peu, là... »
Moi : « De toute façon, j'espère gagner l'année prochaine, je reviendrai et cette fois, je gagnerai ! Merci... »
Jean-Paul Loth : « Voilà des paroles de champion, en tout cas. Prononcées peut-être un peu tôt, mais... »
Fin de l'extrait.

1988. La fameuse année pourrie de 1988 ! La pire année de toute ma vie. Finale perdue à Roland contre Wilander, assortie de la désormais mythique déclaration au public : « J'espère que vous avez compris mon jeu ! » (je venais de prendre une raclée : 7-5, 6-2, 6-1). Puis l'histoire des JO de Séoul où j'ai préféré le confort d'un hôtel de luxe aux joies simples du village olympique. 1988, c'est l'année où le public m'a jugé, condamné sans circonstances atténuantes, et m'a banni. C'est l'année où j'ai plongé dans un trou noir entre juin et novembre, le jour où McEnroe m'a marché dessus devant une foule hostile, à Bercy. Incroyable sentiment que de jouer à domicile devant 18 000 personnes acquises à la cause de son adversaire. Comment une chose pareille avait-elle pu m'arriver ?

Cette année-là, j'avais changé d'entraîneur. J'avais engagé Wojtek Fibak. Ma collaboration avec Patrice Dominguez avait vécu. Je suis quelqu'un qui a une assez forte personnalité, et j'avais fini par prendre le dessus sur lui. Son discours ne passait plus. Mais je dois reconnaître que c'est lui qui m'a apporté le plus, autant que Ion Tiriac et Patrice Hagelauer. C'est bien Patrice Dominguez qui m'a fait réellement prendre conscience de mon potentiel. En plus, étant gaucher, comme moi, comme McEnroe, Vilas et Connors, il m'a aidé à saisir les subtilités du jeu de gaucher. Quand je bats Yannick Noah à Roland-Garros, en 1985, une partie du mérite revient à Patrice, c'est indéniable. Je lui dois donc l'un des moments les plus extraordinaires de toute ma carrière, faite de très grands hauts et de très grands bas. D'exagérations dans les deux sens. Un peu comme mon jeu. Un peu comme ma vie, d'ailleurs.

J'ouvre ici une parenthèse afin d'expliquer pourquoi, alors que certains joueurs font toute leur carrière avec un seul coach qui devient leur mentor, moi j'ai eu besoin d'en changer relativement souvent.

C'est que j'étais un joueur très chiant sur le long terme. Ingérable, en fait. Je n'étais pas facile à entraîner parce que je suis hyperperfectionniste, et en même temps j'ai besoin d'innovation. J'adore qu'on me propose de nouveaux moyens d'avancer, qu'on m'offre un détail technique, un mot ou un geste qui me fasse progresser d'une case, dès que je l'intègre. Tant que j'ai l'impression que la personne qui m'accompagne détient un savoir que je n'ai pas, je suis fasciné, aux ordres, obéissant comme un petit garçon. Mais si je sens que nous n'avançons plus, là, je m'impatiente, et avec la pire ingratitude, je le reconnais, je ne pense plus qu'à me barrer vite fait ! Je ne supporte aucune forme de blocage, aucune entrave. Imaginez ce que l'on ressent dans un embouteillage, mais en cent fois pire !

Dans ces périodes-là, je n'écoutais plus rien, je n'entendais plus rien, et ne comprenais plus rien. Les résultats s'en ressentaient, alors, tout simplement, je rompais.

J'ai horreur de la routine, horreur de reproduire les mêmes phases de jeu, horreur du train-train quotidien. Je déteste par exemple les semaines où j'ai des rendez-vous très réguliers. J'ai l'impression d'aller pointer à l'usine. J'aime que chaque journée soit unique en son genre. Lorsque j'aborde une nouvelle collaboration, un nouveau défi, tous mes sens sont en éveil, j'ai envie de faire tout à la perfection. Quand j'étais avec un nouveau coach, et que j'avais la chance d'être au top physiquement, c'était un délice. J'adorais me mettre « chiffon », rentrer chez moi totalement mort, mais heureux du travail accompli. Ça me changeait des tristes périodes où, comme disait Hagel (Patrice Hagelauer), qui m'a souvent dépanné en périodes de crise, je ressemblais à un éléphant malade sous antibiotiques !

Donc en 1988, j'étais ami avec Ivan Lendl. Enfin... « ami », c'est peut-être un bien grand mot, mais je le respectais énormément pour sa manière de mener sa barque et d'arriver méthodiquement à ses fins. Il avait été entraîné par Wojtek Fibak, ancien bon joueur polonais, dont Ivan disait le plus grand bien. Fibak avait en effet un « œil » exceptionnel. Or, il me fallait quelqu'un qui lise assez bien mon jeu, afin de me permettre de passer un nouveau cap. Nous sommes restés un an ensemble. Il m'a apporté plein de choses, notamment une manière de jouer que j'appelais « fil du rasoir ». Risques (calculés) maximums. Travail de haute précision. Trajectoires tendues... Rien à voir avec le tennis que me faisait jouer Patrice, plus tactique, plus construit, plus patient, plus intelligent peut-être, mais moins jouissif pour moi à pratiquer. En 1988, j'étais très fort physiquement. Je bossais comme un taré. Ce que j'allais payer cher, par la deuxième de mes trois opération du dos (1987, 1989, et 1991).

1988 est une année mémorable, inspirée de *Grandeur et Décadence*. Grandeur dans les résultats, car je joue comme dans un rêve éveillé. Après une période de creux, je recommence à gagner des matchs, à monter en puissance et puis tout d'un coup, sans même m'en apercevoir, je me retrouve en demi-finale de Roland-Garros, contre Jonas Svensson que je bats en trois sets pour atteindre la finale, cinq ans après Yannick Noah.

Normalement ça doit être une joie, une finale de Roland-Garros, pour un Français, n'est-ce pas ? Mais moi, j'y suis allé comme à l'échafaud. Certains psys pensent que les athlètes qui ratent le moment tant attendu, pour lequel ils ont bossé toute leur vie, inconsciemment, ne veulent pas assumer ce qui accompagnera leur succès. Je ne pense pas que cela ait été mon cas.

J'aurais vraiment aimé passer ma vie dans la peau d'un vainqueur de Roland-Garros, (ou de Wimbledon, peu importe). Mais si j'ai buté, c'est à cause de la peur. La peur de mal faire, la peur d'être ridicule. C'est ça que j'ai ressenti. Avec mon jeu « fusil à lunette », je me suis retrouvé, tireur d'élite, obligé de dégommer un dangereux espion, mais qui aurait été entouré à sa droite d'un homme d'Etat, et à sa gauche de la femme de ma vie ! C'était à peu près ça, le topo. J'avais tenu quatorze jours dans la peau du tireur d'élite le plus recherché de tout le FBI, maintenant il fallait conclure par le plus difficile, la dernière balle. C'était l'heure de vérité.

Alors que j'avais traversé tout le tournoi dans une espèce de confortable inconscience, je me suis rendu compte subitement de qui j'étais, et surtout où j'étais, et quelle était l'importance de ce qui allait se passer.

A posteriori, je suis obligé de reconnaître que si je n'ai pas gagné Roland-Garros, c'est parce qu'il m'a manqué les couilles pour le faire. On ne s'imagine pas les couilles qu'il faut pour gagner un grand titre. Vu de l'extérieur, ça paraît simple. Vous vous le répétez, d'ailleurs. Tout le monde vous le répète tellement c'est évident : « Tu n'as qu'à jouer ton jeu ! Comme tu l'as fait jusque-là ! Ne te pose pas de questions ! »

Mais à l'intérieur, c'est l'enfer. Vous êtes seul, tout seul, avec votre peur au ventre. Confusément, je sentais que les gens qui m'entouraient n'y croyaient pas. J'en ai eu la confirmation quand j'ai disputé la Coupe Davis trois ans plus tard, où, là, les mecs y croyaient. La différence, imperceptible dans les attitudes, est énorme quand elle agit sur l'inconscient !

Mais revenons à la veille de la finale contre Mats. On est à la maison. Je me souviendrai toute ma vie de ce soir-là. Il y avait Nicolas (Sarkozy) et plusieurs autres personnes, dont Marc Delachaux, aujourd'hui décédé, un homme qui a beaucoup compté pour moi. Brigitte, mon épouse, était présente, également. Mes parents n'étaient pas là, car nous étions plus ou moins fâchés à l'époque, mais ils assistèrent à mes matchs.

Nous étions donc tous ensemble, toute une bande d'amis à se réjouir, moi, toujours sur mon nuage, quand Nicolas s'adressa à moi, le plus gentiment du monde : « Pour demain, il faut que tu prépares un discours, me dit-il. Il faut toujours préparer un discours. Un discours de vainqueur si tu gagnes, mais prévois aussi un discours de perdant, au cas où... » « Un discours de perdant... » J'ai pris le mot « perdant » en pleine gueule ! Je n'avais même pas envisagé la défaite ! En réalité, je n'avais rien envisagé du tout. Je ne m'étais pas projeté dans l'avenir. Pourquoi préparer un discours de perdant ? Il était donc question que je perde ? Mais pourquoi ? Un discours de vainqueur, à la limite, j'aurais compris, mais de perdant... J'étais dans ma bulle, et cette phrase-là, elle s'est transformée en épingle. Pffuiiit ! La bulle s'est crevée, le doute est entré en moi insidieusement. Il a germé, s'est développé comme une mauvaise herbe, et il m'a ligoté. J'ai senti la pression m'envahir. C'est devenu très fort, insupportable. J'ai pris conscience de la réalité. J'ai vu mon nom dans le journal, j'ai vu la télé : on voyait ma gueule partout... Et là, j'ai été bouffé.

Mon match, je l'ai joué, mais comme un zombie. J'étais mort, épuisé de l'avoir déjà joué 450 000 fois avant. Une fois sur le terrain, temps hitchkockien, ambiance *Les Oiseaux*... Un vent tourbillonnant au fond de la cuve froide du Central. Fibak n'avait pas pu me protéger. Personne n'avait su trouver les mots. Personne ne pouvait se douter. Il aurait fallu que je m'isole dans un coin, mais surtout ne pas rester dans cette atmosphère tellement négative. Cela ne m'a même pas traversé l'esprit. A l'époque, on ne pensait pas à ces choses-là. Je manquais d'expérience, de recul. J'ai essayé de me dire que ça avait bien marché jusque-là. Pourquoi changer une tactique gagnante ? Cela faisait quinze jours que tout baignait dans l'huile. Tout fonctionnait, j'avais mes habitudes, mes repères. Et pourtant tout d'un coup... Je me suis mis à flipper. Sans la phrase « assassine », est-ce que j'aurais été au bout ? Que Nicolas Sarkozy se rassure : en fait, je ne le crois pas. A partir du moment où j'ai réalisé l'ampleur de ce que j'étais en train de vivre, je me suis retrouvé un peu comme Cendrillon après minuit. Mon carrosse s'est transformé en citrouille.

C'était de le faire après Yannick qui me paraissait le plus impressionnant. Tout d'un coup, la chape de plomb qui me tombe dessus. Et là, tous les scénarios catastrophes vous traversent l'esprit : Je vais jouer comme une merde... Je vais prendre une branlée... Je vais être ridicule... Je joue contre Wilander, un joueur qui a l'habitude, qui ne fait pas une faute, il ne va pas paniquer, lui ! Il va démolir mon jeu. Tout d'un coup un immense vertige intérieur s'est emparé de moi.

Je suis rentré sur le terrain en tremblant presque. J'ai senti les gens qui m'attendaient, indécis. Y croyant, sans y croire. C'est très difficile à décrire, mais j'avais l'impression de me faire bouffer de l'intérieur, comme par un cancer. Je n'avais pas d'antidote, rien pour me défendre, rien à quoi me raccrocher, un peu comme dans un cauchemar, quand vous vous retrouvez au fond de la ruelle pourrie, avec les gars qui arrivent pour vous massacrer à la chaîne de vélo. Vous savez que vous allez y passer, que le combat est perdu d'avance, que vous ne sortirez pas de là vivant, et que avant, vous allez souffrir. C'est horrible comme sensation... Bon, je joue quand même le match, et je le perds. J'allais presque dire : « Comme prévu ! »

Et ainsi, je sors mon fameux : « J'espère que vous avez compris mon jeu ! » Pourquoi ? A cet instant, je suis complètement désabusé. J'avais tellement bien joué jusque-là, et moi, vous me connaissez ? C'est toujours tout ou rien. Je suis quelqu'un de très sensible, et j'espérais, en disant ça, que les gens se souviendraient aussi des treize jours durant lesquels j'avais été à la hauteur de mon jeu. Mais cette espèce d'abruti que je suis sort cette phrase débile, et c'est comme si j'avais tendu la perche à chacun des spectateurs pour qu'ils me tapent dessus. En fait, c'est comme si je m'étais dédoublé à ce moment-là. J'ai imaginé ce que les gens pouvaient bien penser en vrai : « Bah, oui, on l'a compris, ton jeu ! » « C'était facile à comprendre : tu n'as pas mis une boule ! » Un mec a crié, texto : « Ouais, c'est ça, on va pleurer, Henri ! » Et moi je réponds quelque chose qui voulait dire : « Et ta sœur ! » Ça volait haut ! La totale. Je suis sur le central de Roland-Garros bourré à craquer, tout le monde me siffle, et je suis tout seul au monde. Un journaliste américain, Bud Collins, l'homme aux pantalons de clown, ose s'approcher de moi, avec précaution, comme on se comporte avec un accidenté de la route. Il me demande : « Mais pourquoi ils vous sifflent ? » J'ai les larmes aux yeux, je le regarde, et lui réponds doucement derrière ma serviette : « Je ne sais pas. »

C'est vrai, en fait, je ne comprenais pas.

J'étais malheureux comme jamais. Je n'avais qu'une envie, c'était me transformer en petite souris, disparaître dans un trou et ne plus jamais en ressortir. Le sentiment que j'éprouvais était clairement identifié : j'avais honte, tout bêtement. J'avais reculé sur l'obstacle, et cela avait débouché sur la honte de ma vie.

Depuis, pas un jour ne s'écoule sans que je repense à cette humiliation, même de façon fugace.

J'étais moins honteux d'être passé à côté que d'avoir essayer de me rattraper aussi maladroitement. Les jours qui suivirent furent terribles. Heureusement, je suis vite parti en Angleterre, au Queen's, où je pus facilement me glisser sous la carapace de « *Dear Henri* », ce « *Frenchman* », si audacieux « *and so cute* » (mignon), que les Anglais adoraient. Ils me prenaient pour une réincarnation de Jean Borotra ! Flatteur...

Le soir de la défaite, nous avions réservé des tables au Pichet. Tout le monde est venu quand même. Nous avons tous essayé de faire « comme si », comme si on était là pour faire la fête, comme si ce n'était pas une catastrophe. On se disait : « Ce n'est pas la mort, tout de même ! » Mais pour moi, c'était tout comme...

Brigitte se montra à la hauteur de la situation. Elle fut très chouette dans la défaite. Et pourtant, sans que j'en aie vraiment conscience sur le moment, le cheminement qui allait me conduire à notre rupture s'était déjà enclenché en moi. Jusque-là, je lui avais été fidèle, mais je commençais à ne plus supporter notre vie commune. Pourtant les événements s'enchaînaient sans que j'aie le temps de réfléchir. Affaibli, désorienté, je la suivais comme un toutou. Elle me tenait en laisse. Il y a eu Wimbledon, où ça n'a pas très bien marché, et puis les jeux Olympiques. Je trimballais ma honte comme un boulet. J'étais incapable d'exprimer mes sentiments à qui que ce soit, ni même de donner mon avis sur le programme de la journée. Brigitte me traitait comme un gosse, privé de tout pouvoir de décision.

Pour les JO, elle s'était basée sur l'expérience qu'elle avait gardée de son premier mari, Guy Drut, champion du 110 m/haies à Montréal, en 1976, à l'époque, qui s'était tenu à l'écart du Village. Brigitte estima que ce serait une bonne chose de faire de même. Grosse erreur. Au lieu de pénétrer dans le Village et de m'imprégner de l'atmosphère bon enfant qui y régnait, au lieu de me fondre dans un groupe de sportifs de haut niveau, je me suis présenté comme « différent » des autres, autant dire « supérieur » dans l'esprit des athlètes de discipline moins médiatisées. Thierry Rey, qui s'était autoproclamé « chef de Village », avait fabriqué une pancarte sur laquelle on pouvait lire : « Merci, Riton ! » Genre : « Merci d'avoir daigné venir jusqu'à Séoul ! Bel effort ! » Un beau tacle, mérité, même si j'avais tout de même quelques circonstances atténuantes à faire valoir, et notamment un malentendu avec Philippe Chatrier, qui devait intervenir auprès des autorités du tennis pour alléger mon programme, mais ne le fit pas. Passons... Je perds d'entrée contre un Coréen totalement inconnu, et je rentre en France, tête basse.

Septembre, octobre, novembre... Arrive le tournoi de Bercy ! Les retrouvailles avec le public parisien qui, à l'époque, du côté de Bercy, était intenable. La cerise sur le gâteau m'attendait. L'énorme bougie, et même le ruban en pâte d'amande : « Bienvenue, Ri-ri ! » Et sur qui je tombe au premier tour ? McEnroe ! Il est arrivé sur le court comme une mégastar, acclamé et tout, et moi ? Et moi, je les entends encore : « Houohuouhouhou... »

Je ne souhaite à personne de vivre ce que j'ai vécu ce jour-là. C'est vrai que cette expérience m'a enrichi, mais franchement, j'ai morflé grave. J'ai souffert de partout, dans ma chair, dans mon âme. Mais le fait d'être resté stoïque, d'avoir tenu le coup, d'avoir disputé le match malgré tout (je perds 6-1 au premier, mais 7-5 dans le deuxième set) m'a permis d'en sortir encore plus fort, grandi. Tous les joueurs qui ont assisté à cette scène de véritable lynchage m'ont dit : « J'aurais été à ta place, je serais parti ! »

C'était comme si 18 000 personnes m'avaient craché dessus. Le pire, c'étaient les gens dans les loges, au premier rang. Affreux ! Je voyais le sarcasme, le mépris et la haine dans leur regard. Je ne comprenais pas vraiment ce qui m'arrivait, même si je savais que ma valse-hésitation à propos des Jeux – Viendra ? Viendra pas ? – avait beaucoup nui à mon image.

A la fin, j'étais devenu une véritable tête de Turc sur laquelle tout le monde s'acharnait. J'étais l'objet de toutes les plaisanteries. En fait, j'ai payé l'addition à Bercy pour mes « dettes » antérieures : Roland-Garros, le discours, le fiasco de Séoul.

Aujourd'hui, je me rends compte que le fait d'avoir accepter de renoncer au Village olympique n'était pas si innocent que ça. C'était une dérobade. J'avais peur d'être confronté aux autres athlètes alors que je ne me sentais pas bien. En fuyant ainsi l'endroit où j'aurais dû me trouver, j'ai cru atténuer le malaise, mais en fait, je n'ai fait qu'aggraver la situation. Finalement, la réalité m'a rattrapé à Bercy, et là, au pied du mur, il a bien fallu que j'assume. C'est vrai que je m'étais laissé influencer par Brigitte, mais, au bout du compte, c'était quand même moi qui avais pris la décision de jouer les lointains.

Je m'y suis pris comme un manche à balai, sauf qu'en plus j'ai tendu le balai pour qu'on m'en mette un coup sur la tête. 1988 fut une horreur, et pourtant, c'est l'année du meilleur résultat de ma carrière individuelle. C'est tout moi, ça !

Le soir de Bercy, je suis rentré à la maison dans tous mes états. J'étais K.-O. J'avais l'impression qu'un 15 tonnes bâché m'était passé dessus. J'étais mort. Comme après Roland, je ne voulais plus sortir de chez moi. J'avais l'impression que si je sortais tout le monde allait se moquer de moi, que tout le monde se poilerait en me montrant du doigt. Je me suis mis à déprimer. Je me sentais comme le vilain petit canard. Ça n'allait plus très bien, forcément, entre Brigitte et moi. J'avais bien quelques « amis » autour de moi, mais il est des situations où se dire qu'on a des amis est plus une manière de se rassurer qu'une réalité. Quand on est dans la merde, on est seul au monde.

Je ne me souviens pas d'avoir eu quelqu'un qui m'ait épaulé à ce moment-là. En revanche, j'ai très présent dans ma mémoire l'impression d'un abandon total, d'une immense solitude et d'un malaise profond. Dans le même temps, j'ai dû me séparer de Wojtek Fibak dans des conditions plutôt houleuses pour des histoires d'argent. C'était la totale ! L'année noire, je vous dis ! Ma cote était au plus bas.

Dans un éclair d'espoir, je me suis dit : « Bon, allez 1989, ce ne sera pas pire ! » Et pourtant, si ! Dès le début de l'année, je suis repassé sur le billard pour une deuxième opération du dos. En fait, j'avais trop forcé physiquement, et mon corps, mal soutenu par un mental vacillant, n'avait pas tenu. Normalement, ce nouveau coup du sort aurait dû m'être fatal. Et pourtant, c'est bizarre, mais cette mauvaise nouvelle me redonna la pêche. Inconsciemment je me suis dit, en caricaturant Pierre, dans *Le Père Noël est une ordure* : « C'est bon, là, tu touches le fond, tu ne peux pas être plus mal, tu donnes un bon coup de pied et hop, tu remontes à la surface ! »

J'ai d'abord pris la décision de me séparer de Brigitte. Je me suis donc retrouvé sans appart, nulle part où loger. Roland Krzentowski, un ami, qui dirige la Clinique du Sport, m'a prêté son appartement pendant un mois. K. a toujours été aux petits soins pour moi et pour mon dos douloureux [1]. Dans le même temps, je me tournais vers Eric Deblicker, pour reprendre peu à peu le fil de ma carrière. Mais en douceur. L'été, nous avons loué une maison à Saint-Tropez avec des copains, et c'est ainsi, en retapant dans la balle tout en faisant un mois de fête ininterrompue, que j'ai repris goût à la vie.

Il ne m'en a pas fallu plus pour m'émerveiller de tous les plaisirs de l'existence, et pour me dire : « Ça y est, je repars pour une nouvelle vie, pleine de surprises. Mesdames et messieurs, vous avez devant vous le nouvel Henri Leconte ! Comme neuf... »

1. *J'en profite pour le remercier. Lui et tous ceux qui connaissent mon dos sur le bout du doigt après toutes ces années : Michel Ledoux, ostéopathe; Pierre Ribette, patron de la Clinique du Sport, et Pierre Sagnet. Sans eux, ma carrière aurait sans doute tourné court.*

Ma fameuse capacité à rebondir ! Tout le monde dit que c'est la première de mes qualités ! Certains pensent que c'est parce que j'oublie les mauvaises choses. Faux ! Ce sont les idiots qui « oublient ». Moi, c'est différent : j'occulte !

3

BRIGITTE

J'ai connu Brigitte Bonnel en mai 1984, dans un concours de circonstances qui nous obligea, en quelque sorte, à vivre notre amour à rebours puisque nous nous sommes mariés avant même de nous connaître !

C'était à Roland-Garros, à la grande époque du Village, où le maire Dominique Baud, organisa un faux mariage entre Brigitte, ex-Mme Guy Drut, jeune maman d'une petite Elodie, et un joueur à désigner, selon arrivage, qui remplisse deux critères : être assez connu pour attirer des photographes, mais déjà éliminé du tournoi pour se rendre disponible. C'était vraiment le tout début de l'ère « people ». Les magazines venaient tout juste de s'apercevoir que la vie des vedettes étalée en roman-photos dans leurs pages captivait plus les gens que les photos de guerre. L'idée de Dominique consistait à rassembler quelques personnalités et photographes autour d'un faux vin d'honneur, faisant suite à une fausse cérémonie de mariage, dont on parlerait dans les allées de Roland et dans les gazettes. L'opération fut une totale réussite.

Cela aurait pu tomber sur un autre joueur, mais ce fut moi que le sort désigna.

Eliminé en simple, encore en course en double, j'étais le « mari idéal », et voilà comment a débuté ma première grande histoire d'amour. J'avais aimé auparavant une Américaine très belle, une copine de Jill, la fiancée de Yannick Noah, mais là, avec Brigitte, ce fut le gros coup de foudre. De cet amour allait naître Maxime Leconte, mon fils de dix-sept ans, mon meilleur ami.

Le vrai-faux mariage devint tout à fait légal un an plus tard, à Neuilly-sur-Seine. Nicolas Sarkozy, ami intime de Brigitte, et maire de la ville à l'époque, procéda à la cérémonie. En tant qu'avocat, il allait d'ailleurs s'occuper par la suite de certaines de nos affaires.

Entre Brigitte et moi, ce fut le grand amour comme dans les films. J'ai flashé, elle a flashé, et ce que tout le monde avait pris pour un gag se transforma en conte de fées. Ce qui déclencha un vent réprobateur assez violent, en raison de notre différence d'âge (dix ans). Mais on s'en fichait, on s'aimait. J'adorais l'ambiance qu'elle mettait autour de nous. J'adorais qu'elle me considère ni comme un petit garçon, ni comme un petit frère, ni comme un bon élève bien sage, mais comme un homme, tout simplement. Tout le monde me disait : « Elle est vieille. Tu n'es qu'un gamin... » Je l'aimais, je vous dis !

Ce qui me plaisait justement chez Brigitte, c'était sa maturité. C'est vrai que je n'étais encore qu'un bébé à l'époque, mais je me sentais bien avec elle. A la maison, ma mère était – et est toujours – très « mère poule, ascendant tigresse », et le fait de pouvoir couper le cordon, de voler enfin de mes propres ailes, m'a procuré à ce moment-là de ma vie un véritable soulagement.

Brigitte a été mon tremplin.

Très organisée, elle jouait forcément un peu le rôle de la maman protectrice, avec une vision d'ensemble sur tout ce qui pouvait me concerner, et toujours un avis à donner. Rapidement, elle s'imposa comme celle qui allait mener la barque de notre couple. Mais cela ne me dérangeait pas. Je l'y autorisais.

Je me souviens du moment où j'ai dit à mon père – que j'aime et que j'adore, parce que c'est vraiment un être d'une profonde gentillesse : « Voilà, papa, je vais me marier... Avec Brigitte Drut ! » Il a failli tomber par terre ! Il parle très peu, mais il m'a dit ce que n'importe quel père aurait dit à sa place : « Mon fils, ne fais pas ça, tu es fou ! » En vain, ma décision était prise. Personne ne pourrait m'en faire changer.

Derrière les apparences d'une famille tout à fait normale, et particulièrement unie, il y avait depuis longtemps déjà une certaine tension entre mes parents et moi, car je sentais très bien que ni papa, ni maman – mais surtout maman – ne voyait d'un bon œil mon départ de la maison.

C'est un peu légitime, pour des parents, de redouter le moment où leur enfant va les quitter, mais dans mon cas, cela devenait vraiment très pesant. Et, plus, ils avaient peur que Brigitte soit plus attirée par mon argent et ma notoriété que par mes qualités personnelles. Mais moi j'avais confiance. C'est avec Brigitte que j'ai vécu mes meilleures années tennistiques. C'est un peu grâce à elle que je suis devenu numéro 5 mondial. Elle a contribué à mon ascension, c'est certain.

C'est aux côtés de Brigitte que j'ai fait de super-résultats, même si cela n'a pas été assez pour passer devant tout le monde. Et puis elle a exigé que l'on ne m'appelle plus « Riton », mais Henri. C'était nul ! A la suite de ça, la presse ne m'a pas loupé !

Je suis un rebelle qui se rebelle avec difficulté tant je crains de blesser les gens, mais j'ai toujours eu au fond de moi, c'est vrai, le désir d'être « différent » des autres. Et c'est grâce à cette volonté de m'affirmer que j'ai pu fonctionner avec Yannick Noah, par exemple. Je ne voulais pas rester sous sa coupe, et j'ai revendiqué ma propre personnalité.

Le problème, c'est que Brigitte m'a poussé trop loin dans un sens. Le côté un peu trop « chic-frime-content-de-soi » qui ne me correspondait pas vraiment. Même si j'aime le faste et la fête, l'image qu'elle cherchait à donner de moi ne reflétait pas la réalité, et parfois, je me sentais mal à l'aise dans un costume trop grand pour moi. Même si le fait d'aspirer à un certain train de vie, bien plus élevé que celui que j'avais connu dans mon enfance, m'apparaissait comme bénéfique pour mon épanouissement.

A la fin de notre histoire, je l'avoue, j'étais un peu comme à l'école, avec Brigitte dans le rôle de la maîtresse. Limite si je ne me faisais pas taper sur les doigts quand je sortais une bêtise à la presse : « Non, Riri, faut pas faire ça ! – Oh, pardon, chérie ! »

C'était une période assez fantastique parce que j'étais moi sans être moi, et cela me ressemblait assez bien finalement ! Pour plus de cohérence, il aurait fallu que je réussisse un bon dosage entre ce que j'avais été et ce que je désirais être. Parvenir à garder les bonnes choses et en ajouter de nouvelles. Mais je n'y arrivais pas. Je n'avais pas le temps de réfléchir à tout ça. Entre les matchs, les entraînements, les voyages au bout du monde, les sorties, je vivais à 400 km/h. J'étais tiraillé, et quand j'allais trop loin dans le sens de « Môssieur Leconte », aussitôt le naturel revenait au galop pour me faire dire une énorme connerie qui faisait rire tout le monde. Je n'ai pas su trouver le juste équilibre, et mon image s'en est lourdement ressentie. Elle a été brouillée par trop de contradictions. Mes amis d'enfance et les journalistes disaient qu'ils ne me reconnaissaient plus. Parlant de moi, ils s'interrogeaient : « Vous évoquez Henri Leconte ? Mais de quel Henri Leconte parlez-vous ? Nous, on en connaît plein de différents, des Henri Leconte... »

Vue de l'extérieur, ma vie ressemblait de plus en plus à une vaste opération de relations publiques, et ça, c'est vrai, j'ai fini par ne plus le supporter.

Ce qui est dommage, c'est que je n'étais finalement pas si loin de la vérité. Mon véritable caractère, en effet, me permet de m'adresser au président de la République exactement comme je peux m'adresser à la personne qui balaie le trottoir : chaleureusement, mais avec respect. Ou encore de me sentir aussi à l'aise en costume Hugo Boss qu'en bottes de caoutchouc dans la gadoue, tout seul au milieu de la forêt.

Je ne voudrais pas avoir l'air de renier ce que j'ai fait, ni la personne que j'étais à cette époque-là. Cela m'a permis de m'affirmer un peu plus, de parler avec davantage d'assurance, de réfléchir à certaines choses. Et surtout, de prendre un peu de recul par rapport à ceux qui s'étaient approprié leur « Riton » sans que je puisse dire :

« Attendez, je ne suis pas seulement le brave petit gars que vous voulez que je sois. Le petit franchouillard sympa à qui on tape dans le dos. »

Ce n'est pas très modeste de dire qu'on est fier de soi, et pourtant, c'est exactement cela que je ressentais.

J'étais fier d'être un homme... et fier d'être Riton, finalement. J'ai compris que j'avais une double personnalité, faite d'une certaine rigueur – pour ne pas dire « rigidité » – mêlée à une forme de fantaisie – pour ne pas dire « folie douce » – qu'il ne fallait surtout pas étouffer. D'ailleurs, dès que j'essayais de résister à mes extravagances, je devenais zombie.

A un moment donné, il a donc fallu qu'à nouveau je coupe le cordon. C'est arrivé surtout à cause de la différence d'âge, relayée par la tristesse et la désolation qui avaient envahi notre couple après les échecs de 1988. On ne s'entendait plus. Le courant ne passait plus.

J'apprécie Brigitte, même encore maintenant, et j'éprouve pour elle un profond respect, mais un beau jour, j'ai vu clairement que je ne finirais pas ma vie avec elle. Un matin, je l'ai regardée sans passion, et j'ai constaté qu'il n'y avait plus rien entre nous. Plus rien en dehors de notre fils que nous adorons tous les deux.

J'ai pris mes affaires, et je suis parti. J'avais envie de vivre ma vie loin d'elle. De retrouver mes potes. J'avais envie de voler de mes propres ailes, car j'avais (enfin) réuni assez de confiance en moi pour tenter l'aventure tout seul.

Je n'ai pas quitté Brigitte parce que j'avais quelque chose à lui reprocher, ni pour une autre femme – je crois sincèrement qu'il ne faut jamais quitter une femme pour une autre, mais bien prendre le temps de se poser avant de repartir. J'ai quitté Brigitte parce que nos routes se séparaient là, voilà tout. Je ne sais ni tromper, ni mentir à une femme. Il m'est impossible de mener une double, voire une triple vie, comme beaucoup de joueurs pourraient le faire sans problèmes.

Pour peu qu'on ne soit pas trop envahi de scrupules, la vie d'un joueur de tennis est idéale pour les petits coups en douce. Une semaine ici, trois semaines là-bas... Même quand l'épouse vous suit au début de l'idylle, il arrive toujours un moment, lorsque les enfants viennent au monde, où celle-ci est bien obligée de rester ponctuellement à la maison. A partir de là, chacun s'arrange avec son propre règlement intérieur.

Il y en a qui sont très forts à ce jeu-là. Moi, je sais à l'avance que je m'emmêlerais les pinceaux. Je ne suis pas assez fourbe, je ne saurais pas mentir. Surtout aux femmes, qui toutes lisent en moi comme dans un livre ouvert ! Et puis, même, les faux-semblants me rendraient trop malheureux. J'ai en moi un côté très féminin qui me pousse à idéaliser l'amour. L'amour, pour moi, c'est d'abord bouquet de fleurs et son des violons ! Puis, par la suite, concessions inévitables, mais pas mensonges.

La séparation avec Brigitte fut rapide, et sans appel. Je ne me rappelle même plus comment cela s'est passé exactement. J'ai zappé ce souvenir. Je me souviens seulement qu'on s'est promis de ne pas faire souffrir notre enfant, engagement que nous avons tenu tous les deux. Elle m'en a tout de même voulu au début, mais aujourd'hui Maxime est un ado superbien dans ses baskets, très proche de sa mère et de moi-même.

Cette rupture acheva de faire de moi un homme, un vrai. Plus un petit garçon sous influence. Pour renaître à la vie, j'avais besoin de trancher dans le vif. J'ai quitté Brigitte comme j'avais quitté ma mère trois ans auparavant : brutalement. Et je ne voudrais pas terminer ce chapitre sans saluer la façon irréprochable dont elle a élevé mon fils Maxime.

Peu de temps après, j'ai renoué avec la fête pour la fête, d'abord, à Saint-Tropez. Puis avec les entraînements, en compagnie de Eric Deblicker, l'actuel responsable du haut niveau à la FFT.

Malheureusement, quelques mois plus tard, le 19 septembre 1989, pendant le tournoi de Barcelone, alors que nous roulions dans un taxi en direction de l'hôtel, nous avons appris l'insoutenable nouvelle : des terroristes libyens venaient d'abattre un DC 10 d'Air France. L'avion s'était écrasé dans le désert. Il n'y aurait pas de survivants.

Dans la nuit, Eric a obtenu la confirmation de ce que nous craignions : son épouse, Nicole, hôtesse à bord, figurait parmi les victimes.

Je n'oublierai jamais ces moments-là.

C'était terrible.

J'ai compris, pour avoir vu la vie d'un être cher basculer sous mes yeux, qu'on ne maîtrisait rien, qu'on n'était rien, que n'importe quoi pouvait vous arriver du jour au lendemain.

On a beau le pressentir, le vivre à travers un événement aussi soudain et aussi proche de soi vous fait énormément réfléchir sur le sens de votre propre vie.

4

FAN DES ANNÉES 80

Je n'ai pas l'air comme ça, mais je suis quelqu'un de très sensible et de très gentil. « Trop gentil », me dit-on souvent. Certains penseront même : « Bien brave. » C'est sur le terrain que j'ai appris à m'endurcir, à être méchant, voire féroce. A prendre conscience que, si ce n'est pas toi qui bouffes l'adversaire, c'est lui qui te bouffera. Mais dans la vraie vie, je suis un rêveur généreux. En dehors du terrain, j'aurais tendance à dire oui à tout. Un enfant, d'instinct, dira : « Non ! » « Non », pour marquer son territoire ; « non » pour qu'on ne lui fasse pas faire ce qu'il ne veut pas faire ; « non » pour se protéger. Il faut l'éduquer, mais rien n'est plus naturel pour un enfant que de s'opposer à l'autorité. Moi, mon naturel, c'est de l'accepter. C'est tenter d'accéder à toutes les demandes, essayer de contenter le plus grand nombre de gens possible. Si bien que, périodiquement, je me retrouve face à des files de personnes qui sont en attente de quelque chose de ma part, et comme je ne supporte pas de ne pas tenir mes engagements, je flippe, et je me démène dix fois plus pour les satisfaire. Je me surpasse pour leur donner ce qu'ils attendent, et sans autres préoccupations que d'avoir le plaisir de faire plaisir. C'est déjà énorme, direz-vous, mais maintenant que j'arrive à la quarantaine, je m'aperçois que ce n'est pas une bonne manière de vivre avec les autres. Que je gagnerais énormément à répondre : « Désolé, mais je ne peux pas t'aider. » Beaucoup de gens viennent vers moi, comme on se tourne vers un saint-bernard, mais si je ne veux pas finir avec un gros tonneau sous le menton, il va falloir que j'apprenne à dire « non », et n'en éprouver aucun remords.

Parfois, les gens sont gentils dans l'espoir d'être aimés en retour, moi j'ai vraiment le sentiment d'être né « bon Samaritain ». Et en matière d'argent, c'est un trait de ma personnalité qui a causé la majorité de mes soucis.

J'ai un très mauvais rapport à l'argent. Combien de faux amis se sont installés dans mon entourage uniquement pour profiter de mes largesses ? Beaucoup, et longtemps. Avec l'expérience, ça va un peu mieux, j'arrive plus à faire la différence entre les vrais gentils et les arnaqueurs aux grands sentiments, mais longtemps j'ai cru naïvement à la bonté humaine. Quoi qu'il en soit, et même si je fais plus attention qu'avant, il y a pour moi deux catégories d'êtres humains : ceux qui s'autosuffisent et ne vivent que par eux-mêmes, pour eux-mêmes, assis sur leur matelas de pognon, et il y a ceux qui se tournent vers l'extérieur, qui s'ouvrent, tendent les mains, qui aiment partager ce qu'ils ont, quitte à jeter l'argent par les fenêtres, quitte à se faire rouler, quitte à en être affectivement meurtris. C'est la catégorie à laquelle j'appartiens. Et je ne me referai sans doute jamais.

Mes parents, qui sont plutôt du genre raisonnable, ont eu peur de voir leur fils totalement ruiné. Mais, en même temps, j'ai toujours été généreux envers eux. J'ai toujours aidé mes parents, mes frères et mes sœurs, avant de dépenser mon propre argent.

C'est sûr que, du temps de Brigitte, j'ai vécu sur un pied hallucinant. On faisait des dépenses somptuaires, mais je ne regrette rien, pas un seul centime. Aujourd'hui j'ai quarante ans, et je peux dire que j'ai tout eu, tout possédé, goûté à tout : bagnoles de rêve, appartements fabuleux, nuits de folie dans les boîtes les plus chic, vacances au bout du monde. Bref, le caviar à la louche. Je n'ai plus tout ça, aujourd'hui. Mais j'ai bien plus que ça : j'ai la chance de savoir ce que sont les vraies valeurs de la vie. Et de savoir, pour l'avoir expérimenté grandeur nature, qu'il n'est pas nécessaire d'habiter un 400 mètres carrés avenue Foch pour être heureux ! Un petit pied-à-terre un peu cosy, dans un quartier sympa me comblera de bonheur. Et si vraiment cela me démange de conduire une belle voiture, un simple coup de fil et il y a toujours quelqu'un qui m'en prête une. Je n'ai nullement besoin d'en voir dix alignées dans mon garage. Franchement, je suis sincère. Je me rends compte que nous, les hommes, réagissons souvent comme des enfants : on veut les mêmes jouets que lorsqu'on était gosses : des bagnoles, des gadgets, des fringues... Et puis quoi encore ? La poupée Barbie, mais bien sûr ! Pourquoi pas ? Et là, quand vous réalisez combien tout cela est superficiel, vous vous dites que le bonheur, ce n'est pas ça. Que la véritable richesse, ce n'est pas sur votre compte en banque qu'elle trouve. Elle se trouve dans son cœur, dans ce que l'on fait chaque jour pour pouvoir se regarder en face dans la glace.

L'avenue Foch, je m'en fiche. Parce que je l'ai eue, un jour, et que cela ne m'a pas rendu plus heureux, au contraire. Peut-être que, si je n'avais pas su ce que c'est qu'être riche, je serais aujourd'hui plus amer. Car j'ai l'impression que le goût du luxe est plus dangereux que le luxe lui-même. Mais, là, franchement une petite volaille de Bresse aux girolles mijotée dans la cuisine de mon appart, avec ma fiancée à mes côtés, c'est déjà le paradis !

C'est vrai que j'ai eu des maisons immenses à Genève, ou sur la Côte d'Azur, un appart à Neuilly, à Paris... On a même raconté que Brigitte m'avait demandé de lui faire construire un ascenseur dans notre maison de Genève pour accéder à l'étage ! Il ne faut tout de même pas exagérer : on ne se refusait rien, c'est vrai, mais l'ascenseur... il y était ! L'époque était à la démesure, mais on ne faisait quand même pas n'importe quoi.

Les années 80, c'était frime, fric, et Cie, tout pour le plaisir immédiat, et tant pis si ça casse. C'était chaud ! C'était bon ! C'était l'extravagance, l'exagération, l'accélération de tous les plaisirs, comme s'il fallait tout saisir vite, avant que cela ne vous échappe. Aujourd'hui, ce n'est plus ça. On prend plus le temps de prendre son temps, on distille plus les choses simples de la vie de tous les jours. Les plaisirs, inspirés de ceux d'autrefois, sont redevenus plus modestes, plus raisonnables. C'est bien aussi...

Mais les années 80, pour moi, c'était la folie ! La fête partout. C'étaient les paillettes, la bonne bouffe autour de grandes tablées, le champagne qui coulait à flots, la vitesse, la danse, la démesure, l'excès en tout, un hymne à l'insouciance. On vivait dans un monde où il n'était pas nécessaire de penser au lendemain. Croire en soi suffisait. Et c'est vrai que j'ai adoré cette période-là, vraiment adoré. J'en ai profité à fond. En plus, dans mon cas, le phénomène fut amplifié par mon statut de « vedette ». Grâce à Borg et à la médiatisation du tennis, nous étions plusieurs joueurs de tennis « starifiés » dans le monde entier. Toutes les caméras étaient braquées sur nous. Pour le moindre match, on occupait l'écran deux heures durant. On faisait partager nos émotions. Enfin, moi, c'est ce qui m'intéressait, peut-être encore plus que la victoire : partager mes émotions avec le public. Je gagnais énormément d'argent, j'étais jeune, et j'avais envie de m'éclater. J'ai été pris dans une espèce de bourrasque de tentations, un vent de folie que je ne regrette vraiment pas d'avoir connu, même s'il m'a finalement laissé seul, à moitié K.-O.

C'était fabuleux, les années 80 ! La Dolce Vita, en plus dément encore. Les gens étaient contents de se voir, on débarquait chez les uns, chez les autres, à n'importe heure. Quelqu'un lançait une idée, tout le monde suivait. J'étais à Paris comme dans mon jardin. Partout, les portes m'étaient grandes ouvertes. J'étais accueilli comme un prince. Brigitte m'avait introduit dans les endroits les plus privés du show-biz. A mon tour, je faisais entrer mes potes joueurs dans ce monde très fermé, des garçons comme Boris Becker, par exemple, qui aimait bien les soirées parisiennes...

Les années 80, c'était une giga-méga-fête-non-stop, un délire sans fin, mais c'était aussi une attitude, une mentalité. C'était le partage. Et comme par hasard, qui m'avait fait découvrir cette notion de partage sur fond de musique de « oufs » ? Yannick Noah, of course ! C'est lui qui m'a fait emprunter le parcours Elysées Mat'- Bus Palladium, les premières nuits où j'ai fini à 7 heures du matin. C'était le vrai Paris, un Paris dont j'ignorais l'existence avant de le découvrir avec Yann, puis, sous une autre facette, avec Brigitte. Avec Brigitte, c'est devenu plus chic. On allait chez Castel rue Princesse.

Les gens étaient plus ouverts que maintenant, moins méfiants. On se livrait comme ça à des amis de l'instant. On vivait, quoi ! On se sentait vivre. C'était l'éclate totale, mais dans un contexte plutôt sain, même si on ne rentrait qu'au petit matin. L'ambiance me suffisait. Je n'ai jamais pris de drogues, ni d'excitant : rien, rien, rien, jamais rien d'illicite. Je n'ai jamais fumé un pétard de ma vie. Je-ne-peux-pas ! C'est comme une barrière infranchissable. Pas une barrière physique, ou physiologique, non, c'est un blocage mental. J'ai une éthique qui m'interdit toute prise de drogue, expédients ou même de médicaments au-delà d'un simple cachet d'aspirine. Et encore. C'est toute une histoire pour en avaler un. Je me souviens que, après avoir battu Yannick en 1985, j'avais eu mal à la tête et j'avais demandé un cachet à Brigitte. Elle m'avait suggéré de me servir moi-même dans l'armoire à pharmacie. Mais, n'y connaissant rien de rien, j'ai confondu le tube d'aspirine avec celui qui contenait un somnifère. J'ai bu le contenu du verre, et effectivement, j'avais moins mal à la tête, sauf que j'ai commencé à dormir debout. Ce jour-là, des journalistes étaient présents pour m'interviewer. Je n'ai pas arrêté de bâiller, et à un moment, j'ai même carrément glissé le long de mon fauteuil club. Prêt à faire un gros dodo !

Si je n'ai jamais pris de drogue, et n'ai jamais vu qui que ce soit en prendre dans le milieu du tennis, nous avons, nous joueurs de tennis, la culture de la soirée bien arrosée. Une fois de temps en temps, et c'est pratiquement annoncé avant même que ça commence, on se prend une belle murge. Mais cela ne dépasse jamais le cadre de l'anecdote et ne remet pas en question les vertus d'un travail bien fait. Le lendemain, la vie normale reprend ses droits, et on assume ce pour quoi on est payé. Je ne me sens pas alcoolique sous prétexte que j'aime bien de temps en temps me mettre « cartable » avec des potes. Tout le monde boit. Tout le monde boit beaucoup, peut-être beaucoup trop, il ne m'appartient pas d'en juger dans ce livre. Je constate que les jeunes, le samedi soir, ne boivent pas : ils éclusent ! Et cela dans tous les pays que j'ai pu visiter. La France est loin de détenir les records en la matière !

Moi, j'ai toujours été « champagne ! ». C'est ma boisson préférée, celle qui symbolise l'exceptionnel, la fête, la célébration d'un événement, l'euphorie de la victoire. Voir les vainqueurs de Grand Prix de Formule 1 arroser la foule de champagne depuis le podium est quelque chose qui m'émeut. J'ai découvert le plaisir de ces petites bulles très tôt. Ma mère me donnait des morceaux de boudoirs trempés dans le champagne. Je disais : « Pagne ! » et c'était merveilleux. Ma petite coupe, le soir, quand je rentre chez moi, c'est un vrai moment de bonheur. A tel point que je suis marié aux champagne Lanson pour la vie, en qualité d'ambassadeur de la marque !

Mais je suis conscient que l'alcool représente un danger dans toutes les couches de la société. Pas seulement au coin d'un vieux bistrot. L'alcoolisme mondain, ça existe, et nous sommes nombreux à le redouter parce qu'il sévit dans les milieux soumis au stress, aux remises en question, à la peur de se louper. Ça va très vite. Quand on a le blues et qu'on ne se drogue pas, l'alcool représente une tentation. La spirale vous entraîne vers le bas, et vous vous dites : c'est peut-être l'échappatoire qu'il me faut. Peut-être que cela va me faire du bien, qu'après j'irai mieux. Mais il y a des signes qui ne trompent pas. Quand on se met à boire tous les jours, et surtout à attaquer de plus en plus tôt, ou boire tout seul, c'est qu'il y a un problème. Je sais que j'ai eu parfois peur de tomber là-dedans, tout en me disant que mon passé de sportif de haut niveau me protégeait. Et, finalement, j'ai eu raison de me faire confiance. Un sportif qui s'entretient, déjà, a beaucoup moins de temps morts dans une journée qu'une autre personne. Au bureau, après une nuit d'enfer, on peut arriver à donner le change. Sur un court, non. Si je bois, je suis cuit. Et alors la vie n'a plus de sens. Sur un court, c'est comme à l'école quand vous ne faites pas bien vos devoirs : direct chez le proviseur ! « Elève Leconte, vous êtes un naze ! » Et ça, je ne le supporte pas. J'ai vraiment besoin de ma dose de dépense physique. Il n'est pas rare, même encore maintenant, quand je m'entraîne avec un petit jeune, de lui demander, à la fin d'une bonne séance, de me faire quelques petites séries « droite-gauche », comme au bon vieux temps, ça fait du bien. Au moins, quand on est sportif, on connaît parfaitement son corps, et les signaux d'alarme sont bien lumineux. C'est l'avantage du champion sur l'intello qui peut se laisser glisser sans s'apercevoir du danger qui le menace. Mine de rien, vous ne trouverez pas beaucoup de sportifs qui soient devenus alcooliques, alors que j'en connais pas mal qui ne se privent pas d'une bonne grosse bringue quand l'occasion se présente.

Pour ma part, je me souviens de deux cas où je suis rentré sur le court beurré comme une tartine. La première fois, c'était en Coupe Davis à Biarritz, contre les Bulgares, en 1986. Le samedi soir, après la victoire acquise 3-0, on décide de faire le mur, et d'aller en boîte, dans le dos du capitaine qui était Jean-Paul Loth à l'époque. Et dans la boîte, on tombe sur Carlos, le chanteur le plus sympa du monde ! On commence à chanter « Big Bisous » et à rigoler comme des tordus. Je me sers un verre avec beaucoup de jus d'orange et un tout petit peu de vodka, puis l'ambiance aidant, un petit peu moins de jus d'orange et un petit peu plus de vodka, et, à la fin, évidemment, un grand verre de vodka avec juste un trait de jus d'orange. Je suis rentré en titubant dans ma chambre, et le lendemain matin, Jean-Paul Loth m'appelle et me dit : « Henri, tu joues le quatrième match ! – OK. Pas de problème ! » Je suis entré sur le court à Molliets en mettant à peine un pied devant l'autre. J'ai battu le dénommé Julian Stamatov 6-3, 6-3. Au changement de côté, J-P L me demandait :

« Ça va, Henri ? » Moi : « Super ! Jean-Paul. » J'étais encore bourré. Je ne me souviens même pas d'avoir joué !

La deuxième fois, c'était sur le Seniors Tour à Tokyo, lors de mon « intronisation » chez les anciens. Ils m'ont bizuté pendant six jours ! Je suis entré sur le court avec Björn (Borg) pour disputer un double contre Bahrami-Wilander. J'étais bourré comme un coing. Bourré... comme le stade ! Je m'apprête à servir, je regarde la balle en l'air, et qu'est-ce que je vois ? Douze balles ! J'en frappe une au hasard : du bol, c'était la bonne ! Puis, je suis mon service sur un court de 612 mètres de long. Cinq heures après, j'arrive au filet qui mesure onze mètres de haut. Retour de Mansour qui éclate en une demi-douzaine de fusées qui m'arrivent dessus. Là, j'ai deux solutions : faire le mariolle et montrer aux gens qu'on est là pour rigoler, ou bien faire le mec vachement sérieux qui maîtrise parfaitement son art et la situation. J'opte pour la deuxième solution. Je prépare ma volée, je plie bien les jambes, je frappe... à côté. Mais pas qu'un peu : je passe à douze mètres de la balle ! Et là, grand silence, grand moment de solitude, suivi d'un énorme éclat de rire : les Japonais ont cru à un gag bien rodé ! Une heure après, j'étais parfaitement dessaoulé et j'appelais toutes les jeunes Japonaises *« Darling »*. Elles ont eu l'air d'apprécier la *French touch* !

Une fois de plus Yannick était là, hilare. J'entends encore son éclat de rire quand j'ai loupé la balle. Yannick, c'est un mutant, le plus fort de tous : toujours le dernier à sortir d'une boîte de nuit, mais le premier au footing. Quand j'y pense, je me dis que c'est sa faute si j'ai tant aimé les années 80. Il les incarnait.

Si nous en avons profité à plein régime, nous n'avons pas toujours fréquenté les mêmes endroits. Moi, j'aimais bien Saint-Tropez, pas lui. Mais il y avait là-bas quelqu'un qui représentait aussi formidablement son époque, et que j'adore, c'est Eddie Barclay. On le voit souvent dans les magazines, sirotant une coupette, en train de poser en souriant avec des amis. Ce n'est que la façade. Derrière, il y a un homme extraordinaire, grand, généreux, attentionné. Quelqu'un qui fait les choses sans calcul, sans rien attendre en retour. Un jour, je lui confiai que mon rêve, c'était de rencontrer Quincy Jones. Sur l'instant, aucune réaction. On passe à un autre sujet. Et puis quelques jours plus tard, il m'appelle pour me demander de venir faire un petit « coucou » sur sa radio, à Saint-Trop. Le studio est dans sa maison. J'arrive, et à la table truffée de micros, je vois d'abord Johnny : « Salut, Johnny, moi c'est Henri »; puis Michel Legrand : « Salut, Michel », et puis deux places libres. Je m'assois et je demande : « Qui sera là, à côté de moi ? – Tu verras », me dit Eddie, avec un air tellement sérieux que ça commençait à ressembler à une blague. Il y avait entre tout le monde une espèce de connivence qui m'échappait. Evidemment, dix minutes après, qui arrive ? Quincy, en personne. J'étais scotché. Ils se sont mis tous au piano, en fredonnant des airs, j'étais au paradis. Le lendemain, c'était David Bowie qui débarquait, ou bien Donna Summer, tous toujours aussi ravis d'être entre intimes et non pas en représentation. J'échangeais quelques mots avec les uns ou les autres : c'était fabuleux...

J'avais l'impression de vivre quelque chose d'unique et d'authentique, et d'avoir de la chance d'être là. Cela me boostait pour mon jeu. J'étais animé par cette énergie, cet enthousiasme et cette attention que des gens importants me portaient. J'étais fier de faire partie de ce monde-là, et impatient de me montrer à la hauteur, dans ma propre discipline. C'était ma source d'inspiration.

5

YANN

Ça peut vous paraître étrange, mais quand je pense à Yannick, j'ai la sensation de voir mon double. A bien des égards, nous nous ressemblons. Nous connaissons une espèce de no man's land où il nous est parfois donné de nous retrouver, entre hommes. La première fois que j'ai eu cette impression de complicité totale, d'harmonie absolue avec Yann, c'était en 1983, en Australie. Nous avions perdu une rencontre de Coupe Davis, 4-1. Personnellement, j'avais perdu mes deux simples, et le double, avec Yannick. Nous rentrons à l'hôtel, le moral en berne. A l'époque Yannick avait une guitare sèche. Une fois dans sa chambre, il se met à jouer quelques notes, et peu à peu, on commence à chanter, à se marrer, à faire les fous. En deux temps trois mouvements, on vide le minibar, et tout d'un coup, on est Jimi Hendrix ! Je m'empare de la guitare, je la lève à deux mains comme un rocker déchaîné et je fais semblant de vouloir la fracasser contre le coin d'un mur. Yannick me regarde, étonné et hilare, puis il prend à son tour sa guitare, et « baoouumm », il la fait exploser contre le mur : « Je ne suis pas une mauviette ! il dit.

– Moi non plus ! » je réponds. Et là s'enclenche une espèce de délire de fous furieux. On se met à tout casser, les lampes, les chaises... Tout ce qui nous tombait sous la main y passait. C'est Gilles Moretton qui soufflait sur les braises. Quand il était jeune, le très respectable homme d'affaires et manager qu'il est devenu était aussi barjo que nous, mais il avait des principes, il s'interdisait de passer à l'acte. En revanche, cela le faisait marrer de voir ce que ça donnait *« in live »*. Je crois que, ce jour-là, c'est la première et unique fois de sa vie qu'il a dû tirer une bouffée d'un pétard : il parlait aux oiseaux et il voyait des renards partout ! ! ! Finalement la sécurité est arrivée. Puis l'addition, pour les dégâts causés. On a payé, rubis sur l'ongle : 5 000 dollars australiens, je crois (3 000 euros).

Je ne les regrette pas. Même si Yannick, sa bande de copains et moi-même avons réussi à détruire tout un restaurant... pour rien, et même avec la bénédiction du patron !

C'était un soir, à Monte-Carlo. On avait commencé à chahuter pas mal quand le gars nous a dit : « Vous pouvez y aller ! Tout casser ! Je ferme demain pour refaire toute la déco ! » Un vrai bonheur. Nous nous sommes bien défoulés, sauf que, entraînés dans l'élan, quand Yann et ses potes sont sortis du restau, ils ont continué droit devant eux. Or, droit devant eux, il y avait ma voiture, une voiture que l'on m'avait prêtée, en plus. Ils l'ont prise pour un trampoline ! De la folie ! Il a fallu que je sois très convaincant le lendemain pour expliquer les circonstances dans lesquelles « l'accident » s'était produit : le véhicule était entré en collision avec une bande de jeunes qui ne cherchaient qu'à dégoupiller ! Il arrivait que les gens de passage se fassent complices de nos débordements, même quand ils en étaient aussi les victimes. Pour preuve une soirée à Rennes après une Coupe Davis remportée face à Israël. Nous quittâmes l'hôtel à cinq ou six, dont Yann, à pied, en direction de la boîte de nuit la plus proche. C'était comme dans les films de cow-boys. Plus nous avancions d'un pas décidé vers le saloon, et plus nous étions nombreux, tous les gens croisés en chemin faisaient demi-tour pour grossir les rangs. Nous arrivâmes à quatre-vingts devant la boîte. J'avisai une Matra Bagheera avec les phares levés. Quelle idée m'a traversé l'esprit de m'asseoir dessus ? Evidemment, le phare n'a pas résisté et je me suis étonné : « Oh, une voiture borgne ! » Le propriétaire n'était pas loin. Il s'est dirigé vers moi d'un pas décidé. J'ai pensé que, fatalement, ça allait mal tourner pour moi. Mais une fois à ma hauteur, le gars m'a souri et m'a demandé, en indiquant le phare meurtri : « Ça ne vous dérangerait pas de me le dédicacer ? » Un beau clin d'œil, non ?

Yannick Noah, je l'ai aimé tout de suite. La première fois que je l'ai vu, c'était à Roland-Garros. Il était grand, et moi, j'étais nain. Je voulais être comme lui. La différence entre les autres joueurs français et moi, c'est que, moi, je voulais lui ressembler, tout en désirant être plus fort que lui. Je ne l'ai choisi comme grand frère qu'à partir de 1991, à la Coupe Davis. Avant, il était pour moi un modèle, doublé d'un rival. Wilander a dit un jour à Yannick : « Tu te rends compte ? Si j'avais gagné contre toi en 1983 et que j'aie perdu contre

Henri en 1988, cela aurait changé ta vie ! » Franchement, cette phrase m'a fait beaucoup réfléchir, et voici quelle est ma conclusion : sincèrement, si Yannick n'avait pas gagné Roland-Garros, je ne serais sûrement pas moi-même arrivé en finale. Parce que c'est en cherchant à faire aussi bien que lui, voire mieux, que je me suis surpassé. Je ne crois pas que j'aurais pu ouvrir la voie, comme lui a ouvert la voie au tennis français. Il avait quelque chose en plus. Moi j'ai eu l'intelligence de prendre sa roue.

Je l'adorais et pourtant je n'ai jamais voulu être une carpette devant lui. J'avais des couilles sur un terrain, et il le savait. C'est pour cela qu'il y a eu tant de déchirements et même de haine au moment le plus chaud de notre rivalité. Il enrageait parce qu'il ne pouvait pas me manipuler. Yann, c'est un grand manitou. C'est quelqu'un de profondément dominateur, qui essaie toujours de vous mettre en position d'outsider par rapport à lui. Il aime ça. Il aime imposer ce rapport-là aux gens, même à ceux qu'il aime. Il ne le fait pas méchamment, mais c'est en cela qu'il est un leader-né. Souvent, on se place soi-même sous sa protection, parce qu'il a un charisme fou, qu'on y est bien et qu'on a envie d'être heureux avec lui. De profiter pleinement de l'énergie qu'il dégage.

Yann et moi, nous étions à la fois très différents et très semblables. Des faux jumeaux, en somme. Yannick, tout le monde le croit « zen », cool, je-m'en-foutiste, limite indolent… Mais en fait, pas du tout ! C'est un anxieux, au contraire, un bosseur méthodique, soucieux du moindre détail, du moindre « signe », intransigeant, casse-couilles, invivable au quotidien car tellement exigeant avec lui-même qu'il en demande autant à ses proches. Ingérable, comme moi. C'est le propre des gens de caractère et de toute cette génération de joueurs que nous formions avec les Becker, McEnroe, et Cie.

Yann, je l'ai copié inconsciemment. Et on peut dire qu'on s'est vraiment tiré la bourre tout au long de notre carrière. On nous a critiqués, l'un et l'autre, l'un ou l'autre, à la française, c'est-à-dire en mettant toujours nos défauts en avant. On nous a fait passer pour des « branleurs », des fêtards toujours blessés, c'était tellement facile de se moquer. Et tellement facile d'oublier ce qui avait été bien fait, et tout le travail que nécessitait le simple fait d'être là, sous le feu de la critique. On nous a montés l'un contre l'autre. N'empêche, à l'arrivée, on a peut-être fait vivre l'une des plus belles rivalités du sport français ! Mais à quel prix ?

Etant donné qu'il m'était impossible d'accepter cette position d'outsider et d'espérer le battre en même temps, j'ai dû renoncer un temps à aimer Yannick, et surtout à l'admirer.

La grande explication a eu lieu sur « son » terrain, à Roland-Garros, le dimanche 2 juin 1985.

Peu de gens peuvent se rendre compte de ce que dégageait Yannick sur le central de Roland-Garros quand il avait la rage de vaincre. Il avait une présence absolument incroyable. Présence au filet. Présence tout court. D'ailleurs, cette fois-là, la seule fois en cinq rencontres où je l'ai battu, je ne l'ai pratiquement pas regardé de toute la partie ! Je n'ai regardé que mes pieds.

Petit flash-back pour les amateurs de tennis : je remporte les deux premiers sets 6-3, 6-3. Mais Yannick gagne le troisième au tie-break. Le moment le plus fort du match intervient sur la balle de set du troisième. Yannick gagne le point sur une volée magnifique. Je suis par terre, et lui, il serre les poings avec violence comme il savait si bien le faire. Il me regarde droit dans les yeux, de haut en bas. Il me défie. Il veut me rabaisser. Je sens qu'il a pris le dessus, alors que je jouais tellement bien jusque-là ! J'ai un temps d'hésitation. Je pense : « Il a repris la main, c'est évident. » Mais je sens que je suis plus fort que lui en tout, en jeu, et physiquement. Et que si je continue normalement, sans me laisser bouffer mentalement, il n'y a pas de raison que ce match m'échappe. Je perds le quatrième set 6-4, mais au cinquième, je fais le break d'entrée, je tente le tout pour le tout, j'accélère et ça passe ! 6-1 ! Je n'avais pas le choix.

Je sais que ce jour-là, notre histoire a pris un tournant qui a influé sur la suite de notre relation. Yann, à la fin, a déclaré quelque chose comme : « Je suis déçu, mais je préfère avoir perdu contre un pote que contre n'importe qui. » Bien des années plus tard, il a déclaré aussi : « Ce match a eu de l'importance pour lui. Pas pour moi... » Je pense que ce n'était pas vrai. Cette défaite, elle l'a fait vraiment chier, parce que je suis allé chercher la victoire contre sa volonté. La volonté est quelque chose de fluctuant chez un joueur de tennis, soumis aux caprices de la vraie vie, mais je suis certain que, ce jour-là, sa volonté de me battre était au maximum. C'était très dur pour lui de perdre contre moi, et c'était très dur pour moi de gagner contre lui. Je l'ai senti dans mes tripes.

Mais en fait, ce qui augmentait sa colère, c'est qu'il avait le sentiment que je ne l'avais pas battu à moi tout seul. Que je n'y serais peut-être pas parvenu sans mon entourage. Parmi mon entourage, il y avait mon coach Patrice Dominguez dont tout le monde savait qu'entre lui et Yann, ce n'était pas le grand amour. Yann a compris que Patrice et mon épouse Brigitte avaient réussi à m'empêcher de me placer sous sa domination. Et c'est ça qui le rendait amer, plus que la défaite elle-même, je crois. Et c'est vrai que, si je l'ai battu ce jour-là c'est parce qu'on m'avait bien bourré le mou. Brigitte et Patrice m'avaient bourré le crâne, façon « méthode Coué », et ils avaient eu raison, car il n'y avait que comme ça que ça pouvait marcher. Brigitte me disait : « Il n'y a pas que Yannick Noah au monde ! Toi aussi, tu existes ! Toi aussi, tu peux réussir et gagner Roland-Garros, et plein de tournois du Grand Chelem ! Tu es dix fois plus fort que lui ! » Dominguez, il me démontrait que mon jeu de gaucher, ma vitesse de bras, mon service, étaient autant d'atouts pour m'imposer. Il disait que Yannick n'avait qu'un service, qu'il ne retournait pas bien, qu'il jouait « arraché », tandis que moi, j'étais fluide. C'était positif en un sens, mais aussi très dur pour moi de haïr l'autre à ce point. J'aurais voulu faire seulement semblant, mais en sport, au très haut niveau, il n'y a pas de triche possible, pas de petits arrangements avec soi-même : on est... à fond ! Cette haine, il fallait que je la fasse naître vraiment en moi et que je la diffuse dans tout mon corps pour éprouver une vraie hargne. C'est une transformation terrible qui s'opère alors. Dans le genre Docteur Jekyll and Mister Hyde ! Au fond de moi, j'avais envie d'embrasser Yann, mais il fallait que j'arrive à lui cracher à la gueule. Le sport, ça ressemble souvent à une relation amoureuse où amour et haine se confondent, où le désir de partager rivalise avec celui de tout garder pour soi. Et le match, c'est la scène de ménage !

J'ai suivi un petit peu le parcours des deux Belges, Justine Henin et Kim Clijsters, surtout au moment où elles se sont entre-battues pour s'emparer du numéro 1 à la fin de l'année 2003. Tant qu'elles faisaient leur duel à distance, tout s'était bien passé entre elles, mais quand elles se sont retrouvées face à face pour l'explication finale « entre quat'z'yeux », tous les paramètres ont atteint leur paroxysme. Elles n'étaient plus seulement deux bonnes copines, double phénomène issu d'un même tout petit pays. Non, elles étaient comme deux boxeurs, deux poids lourd, galvanisées par leur entourage, prêtes à se foutre mentalement sur la gueule. Il n'était plus question de partager quoi que ce soit d'intime, de doux ou de gentil. Il fallait que ce soit œil pour œil, dent pour dent. Et c'est souvent l'entourage qui vous pousse dans ce sens. Pour battre quelqu'un que l'on admire, ou même que l'on considère comme son égal, il faut être capable de sortir une botte secrète. Sinon, c'est lui qui vous tue.

A partir du moment où j'ai battu Yannick à Roland-Garros (je suis le seul Français qui y soit parvenu), j'ai réalisé que Yannick n'aurait plus jamais la même emprise sur moi. Que c'était fini. Je serais désormais son égal, et pas seulement son faire-valoir. Et je dois dire que cela m'a procuré une immense fierté. Je me suis senti fort, mais fort, à un point inimaginable !

Ensuite, les choses ont pris une tournure qui a dépassé de loin les limites qu'on se serait fixées l'un et l'autre, parce que c'était du temps où la rivalité entre deux joueurs pour la place de numéro 1 français avait de la valeur, ce qui n'est plus du tout le cas aujourd'hui. Les médias à l'époque ne se sont pas privés pour ajouter un peu d'huile sur le feu (pas tous, mais certains quand même, avec une jubilation non feinte : je pense notamment à un journaliste de *France-Soir*) et appuyer là où ça pouvait faire mal. « Noah a dit que... Qu'est-ce que vous en pensez ? » Et le lendemain : « Henri Leconte prétend que... », et ainsi de suite pour faire monter la mayonnaise. Cela dit, nous n'étions pas totalement innocents non plus. On en jouait. C'était aussi de l'intox.

Quand je vois aujourd'hui ce qui se passe à la tête du tennis français, je me demande si l'exagération de notre époque n'était quand même pas plus intéressante que le consensus actuel. Sébastien Grosjean et Arnaud Clément sont d'abord et avant tout des amis. C'est leur marque de fabrique, ils en ont même fait un livre [1]. Mais ce pacte de non-agression répond-il à l'attente du public dans le cadre d'un sport individuel ? Et cette entente cordiale ne les prive-t-elle pas d'un aiguillon supplémentaire qui les pousserait à se surpasser ? Certes, Grosjean est actuellement nettement au-dessus des autres, mais peu importe, je crois énormément à l'émulation, sans aller jusqu'à se taper dessus, bien entendu. Mais sportifs, on est un peu comme des gamins dans un bac à sable. On amène notre pelle et

1. Arnaud Clément et Sébastien Grosjean, *Passing-potes*, Mango-Sport, 2003.

notre râteau, nos petites bagnoles, et puis on essaie de démontrer à l'autre qu'on a les plus beaux jouets, qu'on est le plus fort, le plus costaud. Yannick ! ? Comment il embrouillait tout le monde dans le bac à sable ! ! ! C'était sa force. Je crois que ce que les gens recherchent dans le sport, ce sont plus des bonnes prises de bec que l'ambiance feutrée « tout le monde, il est beau, tout le monde, il est gentil ». Sauf en Coupe Davis où là, au contraire, c'est vrai, on aime bien sentir la solidarité des troupes sous le drapeau. La preuve, c'est qu'on s'émerveille devant la belle amitié des joueurs français de Coupe Davis, mais dès qu'il y a un peu d'eau dans le gaz, tout le monde s'excite et cherche à savoir qui taille qui. Pourquoi ? Parce qu'on a l'impression qu'enfin il se passe quelque chose ! Je constate que Yannick, Guy (Forget) et moi étions sûrement aussi copains que Grosjean-Clément-Escudé, mais qu'au moins périodiquement, on « jouait » à la guerre. Question d'orgueil, pour être sacré numéro 1 français ! Le plus riche ! Le plus célèbre ! Le plus aimé ! Ça faisait partie d'un tout. Aujourd'hui les joueurs ont décrété que numéro 1 français, ça n'avait plus aucune signification, que seule comptait la position à l'ATP. Moi je veux bien. C'est sûrement plus confortable pour eux, mais je pense que le public y perd.

Pour en revenir à mes vieux souvenirs avec Yannick, la vérité m'oblige à avouer que, si nos discordes alimentaient les gazettes, en secret, elles n'empêchaient pas une certaine connivence. Même dans les moments de pur « frittage », nous continuions nos conneries en douce.

Quatre mois après notre « duel au soleil », nous nous sommes retrouvés en Yougoslavie pour tenter d'éviter la relégation en deuxième division de la France en Coupe Davis. Mais d'abord, je vous la fais courte sur notre premier tour perdu au mois de mars de cette année-là, à Asunción, Paraguay, parce que c'est un de mes plus « chauds » souvenirs : alors qu'il faisait 35° dehors, avec 90 % d'humidité dans l'air, nous avons joué sur bois, dans une salle chauffée à blanc par un public hostile, entourés d'une véritable armée de soldats équipés de kalachnikovs, positionnés dos au court, dans un vacarme assourdissant, avec des juges de lignes qui ne se prononçaient pratiquement qu'en faveur de Pecci et de Gonzales. Le premier jour, Yannick perdit 6-0 au cinquième set, contre Pecci. C'était injouable ! Il servait « ace » sur première balle : annoncé faute. Puis « ace » sur deuxième balle : double faute ! Moi, j'avais perdu contre Gonzales dans une ambiance de folie, raquette à la main brandie comme une matraque pour sortir du terrain. On manqua littéralement de se faire lyncher. Je me souviendrai toujours de ce pauvre Hervé Duthu qui était en train de faire son interview au milieu du court, quand tout d'un coup, paf, il se prit un grand coup de poing dans la figure. Le voilà étendu par terre, K.-O. Et nous, obligés de le ramener dans les vestiaires, de l'étaler sur la table de massage, tous blancs de peur, avec les « ennemis » à l'extérieur qui menaçaient de défoncer la porte ! On a perdu la rencontre, posé une réclamation, qui est tombée dans les oubliettes, et puis on a tous fini dans une immense boîte de nuit, avec Pecci, Yann et tout le monde pour une fête d'enfer.

Entre-temps, il y avait eu notre match de Roland-Garros, suivi de quelques déclarations au vitriol dans les deux camps, et il s'agissait donc de faire la paix, pour battre les Yougoslaves. Yann et moi avons perdu tous nos simples. On a tout juste remporté le double ensemble contre Zivojinovic-Prpic, en jouant comme des pinces. Les gens ont mis ça sur le compte de notre mésentente. Il n'en était rien. Au contraire, cette semaine à Belgrade m'a offert un des moments les plus drôles de ma carrière avec Yannick. J'étais dans sa suite, quand une fille frappa à la porte. Vite, je me cachai dans le placard en attendant que Yannick arrange un truc avec elle, mais la discussion s'est éternisée et, à un moment, j'ai commencé à pouffer dans le placard. Et plus Yannick m'entendait pouffer, plus il prenait son temps, et plus il en rajoutait. C'était « Au Théâtre ce soir » ! Mais version hard ! A un moment, j'ai dû faire un peu trop de bruit, alors Yannick a toussé très fort et je suis sorti en courant, mort de rire. Je suis allé voir un pote de l'équipe pour lui raconter ce qui venait de m'arriver. La porte de sa chambre était légèrement entrouverte, mais il n'y avait personne à l'intérieur. Etonné, je l'ai appelé deux ou trois fois, puis j'ai poussé mes recherches jusqu'à la salle de bains, et là, j'ai constaté que c'était vraiment la fête à tous les étages !

Pour en revenir à Yannick, il faut être objectif, il m'a énormément apporté. Mais j'espère que moi aussi... J'espère lui avoir permis d'aller au-delà de ses possibilités. L'avoir poussé autant qu'il m'a poussé. Il y a eu cette emprise indéniable de lui sur moi, que j'aurais tort de vouloir nier, mais à la longue (et grâce à notre aventure en Coupe Davis en 1991), le rapport de force s'est équilibré. Aujourd'hui, l'échange est à double sens.

Aucun de nous deux n'a envie de « baiser » l'autre, comme c'était le cas dans notre jeunesse. Je sais qu'en 1988, quand j'ai atteint la finale, il avait une paire de boules, façon Pomelos. Mais c'est normal, tellement humain. J'aurais moi-même sûrement éprouvé la même chose à sa place. Et puis ensuite il y a eu sa main tendue en 1991, une très belle histoire d'hommes, dont je vais vous parler dans le détail un peu plus loin, et puis en 1992, lors d'un de ses brefs essais de commentateur, le coup du « Vengeur masqué ». C'est lui qui a lancé la formule à la télé, pour me décrire dans mon parcours à Roland jusqu'en demi-finale cette année-là. Et depuis, on fonctionne souvent ensemble même si nous ne fréquentons pas toujours les mêmes soirées. Il est quand même le seul à pouvoir entrer chez Castel en tongs.

Mais quand on se retrouve sur le Seniors Tour, on fait toujours la fête. On chante, on danse, on délire. Comme au bon vieux temps, les années n'ont pas de prise sur nous dans ces cas-là.

Je sais qu'il sera toujours là pour m'aider. Un jour, il a déclaré à mon sujet : « Henri, c'est quelqu'un que, quand tu l'aimes, il te donne tout ! » C'est l'un des plus beaux compliments qu'on m'ait faits.

A cela, je voudrais lui répondre : « Je t'aime, mon frère ! »

6

LE POUVOIR DE LA COM'

Il m'arrive souvent, et je dirais même de plus en plus fréquemment, quand je me promène, que des inconnus m'abordent pour me dire : « Ah, monsieur Leconte [ou Henri] comme on vous regrette ! C'était mieux avant ! Au moins, on rigolait ! Il se passait quelque chose. Les joueurs actuels n'ont plus de charisme. »

Je mentirais si je vous disais que cela ne me flatte pas. Mais quand je regarde jouer un gars comme Roger Federer, au Masters à Houston en novembre 2003 (contre Agassi, en pleine nuit), franchement, je m'interroge, et je me dis : « Merde ! Sur le plan de la communication il y a vraiment quelque chose qui ne va pas dans le tennis ! » Ce que fait ce joueur sur un court avec sa raquette est tout simplement pro-di-gieux. Rarissime. Moi qui adore le beau jeu, j'en avais des frissons de plaisir ! Et quand vous suivez un peu la carrière d'Agassi, qui était un vrai chien fou, un vrai rebelle, et qui se transforme peu à peu en maître zen, c'est fabuleux ! Et pourtant, on a l'impression que tout ça, tout cet intérêt que procurent ces joueurs au connaisseur que je suis, ne franchit plus la barrière du grand public. Si au jeu des associations d'idées vous dites « tennis » à quelqu'un, je suis sûr que dans 80 % des cas il va vous répondre : « Kournikova ! » Et c'est ainsi que nous, les anciens, avons pu conserver une place de choix dans le cœur des gens. C'est peut-être injuste pour la nouvelle génération, et pourtant, c'est une réalité.

Du temps où Yannick et moi nous déchirions par presse interposée, cela faisait beaucoup pour la notoriété du tennis, même si on ne le faisait pas dans ce but. Nos histoires, relayées par la presse, c'était un vrai roman-feuilleton. C'était *Santa Barbara*, *Dynastie*, *Côte Ouest* et l'*Inspecteur Derrick* réunis dans un même feuilleton !

Et à l'époque, les journalistes aimaient bien venir nous titiller. Et nous, on ouvrait nos grandes gueules, et ça faisait boule de neige. Aujourd'hui, la presse est gavée d'infos avant même que le sportif ait ouvert la bouche. Et quand il l'ouvre, à part quelques bons « clients », c'est souvent pour montrer une belle langue de bois. Ce n'est pas propre au tennis : en F1, c'est pareil. Ce que lâche aujourd'hui Schumacher me paraît beaucoup moins personnel que ce que disaient Prost ou Senna à leur époque. Ce que son entourage raconte sur lui est quasi inexistant. Pour avoir des petites anecdotes marrantes, il faut vraiment appartenir au milieu, et encore ! Les athlètes ne se livrent plus. A quelques exceptions près, ils ont peur. Ils ont peur pour leur image, pour leur tranquillité, pour leur compte en banque. Et ceux qui les accompagnent ont peur de perdre leur job. Alors ils rasent les murs. Ils donnent le change, ils sont sympas, mais ils ne disent rien. On ne sait rien. Pire, on ne « sent » rien. Aujourd'hui, c'est : « Soyons aussi lisses que possible, comme ça, nous n'aurons pas d'ennuis. » Et après on s'étonne que dans le star system, les « Staracadémiciens » de TF1 aient remplacé les sportifs de haut niveau, mais c'est normal ! Qui ne donne rien n'a rien.

Ce qu'ils gagnent sur le terrain et en contrat avec leurs sponsors leur suffit largement. Pourquoi prendraient-ils le risque de sortir du moule ? De montrer leurs faiblesses ? D'assumer des prises de position ? Ils n'ont aucune envie d'être manipulés par la presse, alors ils la tiennent à distance. C'est un phénomène qui gagne tous les milieux. On vit à l'ère de la promo. Tout est empaqueté, prêt à consommer rapidement, puis à jeter. Tous les propos sont orchestrés, convenus, calibrés de manière très professionnelle. C'est chacun à sa place, chacun son rôle, chacun son texte. On répète plus ou moins la même chose un peu partout comme des perroquets, chacun bien planqué derrière son masque.

Il n'y a plus de place à l'improvisation, ni aux délires, ni aux coups de gueule. Les excentricités, les dérives, c'est aux gens normaux qu'on les demande maintenant, tandis que les stars, elles, vivent de plus en plus « comme tout le monde » : c'est quand même un comble ! Un vieux journaliste m'a dit : « Tu sais, maintenant, pour arriver à faire cracher un truc à quelqu'un de connu, il faut se lever de bonne heure ! »

Dans les années 80, la liberté de ton existait, parce que les gens n'avaient pas encore mesuré les conséquences de leurs paroles. Mais quand ils ont vu que cela pouvait se retourner contre eux et que dans le même temps il était tout à fait permis d'utiliser la langue de bois, ils n'ont pas attendu longtemps pour voir où était leur intérêt. Ils ont commencé à réserver le « off » aux bons copains qui s'en délectent, et à balancer l'insipide au public dans des interviews basiques, ou sur leur site Internet, tous plus ou moins formatés de la même manière.

C'est dommage parce que, à la télévison, le sportif est aujourd'hui beaucoup mieux considéré que lorsque j'étais moi-même en activité. Le sketch de Coluche était révélateur de la pensée de l'époque. Il suffisait qu'il dise : « Sportifs... » pour que tout le monde comprenne que nous n'avions rien dans le citron. Maintenant, au contraire, le sportif bénéficie de plus de respect sur un plateau. Et davantage encore pour ceux qui, comme moi, ont eu des galères et s'en sont sortis. Une reconversion épanouie est unanimement saluée. Parce que, dans la société actuelle, le sportif représente une forme de réussite et d'accomplissement de sa personnalité, alors que, paradoxalement, des gens autrefois respectables, tels que des hommes d'affaires ou des hommes politiques, ont perdu leur aura à force d'être mis en examen. C'est un phénomène récent qui date des années 90, depuis que les Français ont pris conscience qu'ils pouvaient gagner, que nous n'étions pas des *chickens* (poules mouillées), ni des *losers* (perdants), comme disent les Anglais. Le tennis a ouvert la voie du succès suivi du hand, du judo, de l'escrime, et, bien sûr, du football, avec le titre de champions du monde, en 1998. Cette victoire a définitivement scellé l'image positive véhiculée par les sportifs à l'heure actuelle. Dans le même temps, alors que la société « civile » perdait ses valeurs, le monde du sport était capable de fournir des règles à respecter, même si, malheureusement, elles sont de plus en plus bafouées par les tricheurs.

Personnellement, j'essaie de me servir plus de mes sensations de joueur que des techniques modernes de communication.

C'est plus compliqué, plus risqué, mais bien plus satisfaisant.

J'essaie de réinjecter dans mon comportement des réflexes que j'avais en tant que joueur. Cela me donne une force supplémentaire, un ascendant sur une personne qui a des diplômes ou une expérience professionnelle bien plus importante que la mienne. Je combats avec mes propres armes. C'est mon capital, que je cherche à faire fructifier. C'est d'abord la capacité à analyser la situation, à jauger l'état d'esprit de la personne que j'ai en face de moi. Va-t-il chercher à m'impressionner ? Va-t-il chercher à me séduire ? M'amadouer ? Le plus dur pour moi c'est que, en tennis, j'étais payé cash pour mes coups d'éclat, ou alors je payais cash mes conneries. Dans les affaires, il faut savoir rester dans le flou longtemps et accepter de dépendre de l'autre.

Pour cela, j'ai réadapté le *body-language* du joueur de tennis. Le côté sûr de soi, mais respectueux de l'adversaire. J'estime que c'est 50 % de la réussite dans une affaire. La manière dont vous influez sur l'autre. Ce n'est pas seulement une question de look, mais de prestance, de créativité. Je m'efforce de ne pas suivre bêtement une stratégie passe-partout, définie à l'avance, mais de m'investir émotionnellement dans l'échange. D'improviser.

Plus un rendez-vous est important, et moins les gens sont eux-mêmes. Je crois qu'il faut faire l'inverse. Essayer d'être au plus proche de ce que l'on est dans la vraie vie. Le plus naturel possible. Avec tous les risques de « carton rouge » que cela comporte. Et toutes les désillusions possibles. Mais tant pis ! Je recommande à tout le monde d'essayer de se lâcher, et de cesser de se surprotéger. Même s'il y a de la casse, on récolte plus sur le chemin de l'audace que sur celui de la frilosité. La chance sourit toujours plus aux enthousiastes, à ceux qui vont de l'avant, qui se mouillent plus que les autres. Pourquoi est-ce que je suis aujourd'hui plus connu que la plupart des joueurs français ? Honnêtement, je ne sais pas. Peut-être que, lorsque j'arrive quelque part, j'essaie de donner quelque chose de moi qui soit authentique. J'essaie de toucher les gens, dans tous les sens du terme. Je pense qu'en se livrant chaque jour un peu plus aux autres, non seulement on améliore ses rapports avec les gens, qui, en retour, se sentent obligés eux aussi de se dévoiler davantage, mais on se fait un peu sa petite thérapie.

J'ai toujours eu du mal à m'exprimer comme je le souhaitais (et je vais, au chapitre suivant, expliquer combien j'en ai souffert), mais depuis que je fais l'effort de mettre des mots sur ce que je ressens, même pour de petites choses, avec Florentine, ma fiancée, ou tout simplement lors d'un déjeuner d'affaires, je me sens plus léger, mieux dans ma peau. Plus « vrai ». C'est d'ailleurs ce besoin de sortir de moi tous mes vieux sentiments et ressentiments qui m'a poussé à écrire ce livre.

Tout ce que j'y raconte n'est pas forcément à mon avantage, mais au moins, pour mes quarante ans, je mets tout à plat et je me montre tel que je suis. Dans mes rapports avec les gens du business, c'est pareil. Maintenant, tout le monde travaille à l'e-mail ! Je vais m'y mettre, mais quelle connerie, ces e-mails ! On dit : « C'est un gain de temps considérable », « cela permet de communiquer rapidement, etc. ». Je crois plutôt que les gens se cachent derrière leurs petits textos parce qu'ils n'ont pas les couilles de se dire en face ce qu'ils ont à se dire. C'est encore plus faux cul que le téléphone !

Moi, je préfère les rapports à l'ancienne, avec l'intonation de la voix qui dit tout, les poignées de main dans lesquelles vous faites passer clairement vos intentions, selon la manière dont vous serrez la main de l'autre. Si je veux dire « Je vous aime bien », je ne broie pas la main d'un gars comme lorsque je veux lui dire : « Espèce d'enc..., je vois bien que tu cherches à m'entortiller ! » Et puis, il y a aussi le regard qui vous indique la tendance, et le tout qui titille votre instinct. A mon avis, l'instinct, c'est ce qui fait le sel de la communication.

L'instinct, c'est ce qui m'aide à surmonter mon stress. Un stress qui vient de mes ambitions et de ma manière un peu hardie, voire imprévisible, de me comporter. Je me mets peut-être un petit peu trop de pression en me répétant chaque jour qu'à quarante ans je n'ai pas le droit de me tromper, mais c'est ma façon à moi de fonctionner. Mon style « gagnant ». C'est cette exigence qui me rend plus fort, qui me permet de me surpasser. Si je me disais que j'ai le droit à l'erreur, ou si je m'avouais que j'ai peur de me tromper, je suis sûr que je me planterais grave.

Il ne faut surtout pas que je pense trop au danger. C'est mon côté gladiateur, tyrannosaure, ou plutôt « aigle ».

Si je pouvais me réincarner, je voudrais être un aigle. Vous survolez le territoire, vous prenez conscience de la situation, vous planez au-dessus de tout, prêt à fondre sur la proie que vous avez identifiée. Etre un gagneur, c'est être prédateur, mais je n'aime pas la manière d'un lion qui tue dans un bain de sang, un carnage. J'aime l'idée de l'oiseau de proie qui fond majestueusement sur sa victime et l'emporte.

Un rendez-vous d'affaires, je le prépare comme un match, c'est la même tension. Convaincre, c'est gagner ! Et gagner, c'est signer ! Mais tout comme vous pouvez très bien jouer et perdre, vous pouvez convaincre et ne rien signer. Il faut savoir en tirer les enseignements. Toujours se remettre en question, et faire preuve de patience. Il faut dire que j'ai tendance à placer toujours la barre très haut, j'ajoute du stress au stress, mais je le fais parce que je le veux bien. Je suis comme ça : perfectionniste. Je veux évoluer au top du top, sur le fil du rasoir, je n'ai jamais voulu être un besogneux sur le court, je ne le serai pas dans la vie.

Mais ce n'est pas évident de retrouver dans la vie de tous les jours l'équivalent de mon revers « pince à sucre », ce coup unique qui laissait tout le monde à dix mètres. De temps en temps, j'ai des satisfactions du même ordre, mais elles sont rares, tout de même. Sauf quand je sors d'un rendez-vous d'affaires avec un copain qui me dit : « Alors, là, Henri, tu nous as tous scotchés. Tu as été super ! »

Parfois, quand j'obtiens une affaire pour laquelle je me suis beaucoup investi, je fais des sauts à la Connors dans la rue. C'est pure adrénaline. C'est l'instinct de la victoire qui se réveille. C'est normal, c'est quelque chose qui ne s'oublie pas.

A part Yannick Noah qui a conservé la communion avec le public grâce à la scène, nous devons tous nous résigner à vivre nos joies en solitaire. On ne peut plus les faire partager comme avant. Et c'est vachement dur à accepter, parce que c'était une sensation très forte, un vrai plaisir à vivre dans l'instant, un vrai manque quand c'est fini. Il vaut mieux apprendre à vivre sans. J'ai mis du temps à l'accepter, et finalement, les sensations que j'aimais tant, ces montées d'adrénaline aux moments cruciaux, je les ai retrouvées dans le travail, quasiment intactes.

7

L'AVEU

Avant l'ère Noah, on disait que les Français étaient des *losers*, des « Poulidor » du tennis qui ne pouvaient atteindre l'excellence. Comme je l'ai expliqué précédemment, il n'est pas évident que j'aurais su briser ce cliché si Yannick Noah n'avait pas existé, et je reste convaincu qu'il m'a tiré vers le haut. Pourtant, je sais que dans le tennis français plein de gens estiment encore aujourd'hui que j'ai eu tort de rester dans son sillage. Il n'y a pas à savoir si j'ai eu tort ou raison, il faut juste reconnaître que je n'ai pas su faire autrement. C'était à moi de me débarrasser de la panoplie de Noah. Je l'ai fait une fois, pas deux. Et si Guy (Forget) l'a fait à Wimbledon, c'était super, mais ça n'est pas resté dans les annales, parce que Yannick n'aimait pas Wimbledon, comme il aimait Roland-Garros. Pour s'en débarrasser (de la panoplie), il aurait fallu que nous tous – les joueurs français – ayons le courage d'aller puiser au fond de nous-mêmes pour trouver des raisons de croire qu'on était plus forts que lui. Ce n'est pas qu'il nous en a empêchés, c'est qu'on n'a pas pu ! Et ce n'est pas étonnant de constater aujourd'hui que, vingt après son exploit à Roland-Garros, il n'y a toujours pas un seul joueur français qui ait remporté un tournoi de Grand Chelem. C'est normal, il faut des « couilles énormes » (passez-moi l'expression) pour gagner un Grand Chelem ! On ne gagne pas un Grand Chelem par hasard, sur un coup de bol, en passant. Il est facile aujourd'hui de me juger et de dire : « Ah, ce Leconte, avec le jeu qu'il avait, avec tous les joueurs qu'il a battus dans sa carrière : McEnroe, Connors, Wilander, Borg, Vilas, Lendl, Becker... Quel imbécile de n'avoir pas réussi à écarter cette ombre qui planait au-dessus de lui ! »

Mais c'est ignorer tout ce que j'ai enduré comme souffrance, comme malheur, comme déception, et surtout comme in-com-pré-hen-sion (!) pendant tout le temps qu'a duré ma carrière. De A à Z, j'ai été incompris.

Quand vous avez une maman qui vous étouffe du matin au soir, vous êtes bien obligé de vous extérioriser, même à outrance, de vous jeter dans la vie comme on s'évade de Sing-Sing, quitte à faire des conneries. A la limite, ça vous est égal : vous êtes loin, vous vivez, vous respirez. Je n'avais d'autre alternative, sauf à rester cloîtré dans la maison familiale et jouer le remake de *La Vérité si je mens n° 12* !

Les femmes disent qu'il faut souffrir pour être belle. Moi, à force de ramer, j'ai fini par comprendre qu'il faut souffrir pour être soi-même. Souffrir, pour être vraiment heureux, et fier de soi.

Chaque jour, j'ai la sensation de souffrir d'un mal diffus. J'ai une espèce d'angoisse qui me taraude. J'aurais pu consulter un psychiatre. J'y ai pensé parfois, et si je n'ai pas fait la démarche, c'est parce que dans les années 80, au plus fort de mes crises « existentielles », consulter un psy c'était claironner : « Je suis malade. » Cela aurait été pris comme un aveu de faiblesse. Un truc honteux qu'il valait mieux dissimuler. Je me suis dit : « Non, n'y va pas. C'est pas grave. Tu n'es pas malade. Tu es seulement mal. Ça va passer. » Ça n'est pas passé.

Je savais qu'on arriverait à un tournant de ce livre – que je veux drôle et léger dans l'ensemble – où il faudrait dire la vérité. Ce bouquin, c'est pour débroussailler un peu le terrain autour de moi que je le fais. Mais c'est un parcours difficile en terrain marécageux qui comporte des risques de se planter et de faire de la peine à des gens que j'aime. En même temps, c'est une manière de m'affirmer. Et j'en ai besoin.

J'ai un respect énorme pour l'éducation que ma mère m'a donnée, mais depuis que je suis tout petit, je me sens comme un rebelle qui ne se rebelle pas.

Heureusement que j'ai eu le tennis pour moyen d'expression. Grâce au tennis, j'ai pu laisser libre cours à mes émotions, à ma sensibilité, aux effusions. J'ai pu m'unir aux autres, partager pleinement du bonheur, et des moments terriblement douloureux. J'ai pu montrer ma joie et pleurer en public. J'ai pu embrasser des gens, ou m'effondrer dans leurs bras.

Je n'étais pas heureux quand j'étais petit, ailleurs que sur un court de tennis. C'est pourquoi quand Ion Tiriac m'a repéré et emmené avec lui, je ne l'ai pas du tout vu comme un ogre qui allait m'emporter dans la forêt pour me croquer, mais comme quelqu'un de très important qui allait me sauver, en me donnant une chance de vivre à ma façon.

8

L'INSEP

Quand j'étais jeune à l'INSEP, la star, c'était Thierry Tulasne. On l'appelait « Tutu-la-branlette ». Je ne sais plus pourquoi. Tout le monde l'appelait comme ça. Tutu, c'était le tennis pourcentage. Un jeu qui faisait fureur à l'époque. Tolérance de fautes : zéro. Zéro risque. Zéro coups gagnants. Tout pour la gagne à l'usure. Avec ce jeu-là, servi par une super-intelligence et une volonté de fer, Tulasne était numéro 1 mondial junior, le futur numéro 1 français, voire du monde, et moi, j'étais numéro 1 du tennis dans les bâches. Les entraîneurs de l'INSEP essayaient de me faire jouer comme Tutu, ce qui me rendait très malheureux. Alors parfois, je ruais dans les brancards, ou bien je faisais ce qu'on me disait et après les cours, j'allais jouer avec mon frère comme j'aimais bien, en prenant tous les risques.

« Tutu », il voulait être le premier partout. Il nous cassait les bonbons pour être le premier au self, le premier sur le court, le premier au footing, le premier en cours... Thierry, ce n'était pas quelqu'un de méchant, bien au contraire, mais son ambition le métamorphosait. Il faisait partie de ces gagneurs viscéraux que sont

McEnroe ou Connors. Dans le feu de l'action, il aurait pu marcher sur n'importe qui pour gagner un point. Il avait cet esprit-là. Moi, je ne l'avais pas. J'avais juste de la foudre dans ma raquette quand mon bras partait bien. Et c'est ainsi que nous nous sommes bien tiré la bourre. L'opposition des styles était tellement flagrante : nous avions chacun nos ardents défenseurs. Aujourd'hui, j'ai un respect immense pour Thierry Tulasne, mais à l'époque, on était limite ennemis. Je me souviens d'une fois où je m'étais bien marré au tournoi d'Aix-en-Provence, parce qu'un gars appelait son chien « Tulasne ». J'ai dit : Tiens, pourquoi « Tulasne » ? « Parce que dès que tu le lâches, il court sur toutes les balles pendant des heures ! » Sa carrière fut interrompue prématurément à cause d'une blessure à la hanche. Longtemps, je l'ai envié secrètement. Je voulais être à sa place, je voulais avoir ses résultats, car il était arrivé à maturité beaucoup plus tôt que moi. Mais finalement, il s'est usé, épuisé, il n'a pas pu aller jusqu'au bout de son rêve. Franchement, je le regrette parce que c'est un garçon qui a le cœur sur la main, et une super-mentalité. Il est devenu entraîneur national, et il mène bien sa barque puisqu'il s'occupe de Sébastien Grosjean à temps plein. Après avoir été numéro 10 mondial lui-même, il espère aujourd'hui remporter un tournoi du Grand Chelem par joueur interposé. C'est tout le mal que je lui souhaite. Car si on n'a pas été toujours copains, aujourd'hui, il ne reste plus rien de nos vieilles rancœurs. Longtemps, il m'en a voulu de lui avoir « piqué » sa place en Coupe Davis, en 1982, quand la France disputait sa première finale de Coupe Davis contre les Américains, à Grenoble. Nous n'avions chacun que dix-neuf ans, et théoriquement, il était beaucoup plus fort que moi sur terre battue. Mais juste avant la rencontre, j'ai réussi un parcours fabuleux, dont ma première victoire en Grand Prix (l'équivalent du circuit ATP), à Stockholm, en battant Mats Wilander en finale. Près de vingt ans plus tard, quand il a remporté la Coupe Davis en tant qu'entraîneur de l'équipe de France, à Melbourne, contre l'Australie, il a avoué combien il se sentait honteux d'avoir été un aussi mauvais remplaçant lors de cette finale de 1982, et que cela lui avait au moins servi à trouver aujourd'hui les mots à dire aux joueurs qui n'étaient pas sélectionnés. Je trouve que c'est vraiment élégant de sa part, car je me souviens combien il a souffert sur son banc, en me voyant évoluer sur le court, d'autant que j'avais perdu mon simple (contre Gene Mayer et mon double, avec Yannick Noah, contre McEnroe-Fleming).

L'INSEP, ça m'évoque encore une belle bande de copains. Il y avait Jérôme Potier, gaucher breton, et fantasque comme moi, qui dormait souvent à la maison ; Christophe Lesage qui, par la suite, a monté le plus grand tournoi de France par niveau de classements, Loïc Courteau, qui entraîne aujourd'hui Amélie Mauresmo et l'équipe de France de Fed Cup...

Je passais des heures à bricoler mes raquettes, des Marville, de chez Pozzo di Borgo, qu'on allait chercher à la porte d'Auteuil, et celles de tous ceux qui voulaient bien me les confier, en fait. Je refaisais les grips, j'ajoutais des trucs et des machins, je les tripotais sans arrêt avec le plus grand soin. Je suis très méticuleux. J'aime le travail de précision. D'ailleurs, j'aurais aimé être chirurgien : je peux regarder le film d'une opération chirurgicale en boucle sans me lasser !

Mais revenons, à l'INSEP : on rigolait bien. On était tout le temps ensemble, mais en même temps, on baignait dans une ambiance très spéciale, parce qu'on côtoyait des espoirs de toutes les disciplines. La cohabitation n'était pas toujours facile. Je me souviens d'un jour, en classe, où je vois qu'un gars s'est permis de s'installer à ma place habituelle... près du radiateur ! Il a pris mes affaires, les a jetées par terre et s'est installé à mon pupitre ! Je m'avance vers lui, confiant, et je lui dis : « Non, mais ça va pas la tête ? ! » Et lui, il me dit : « Tu sais qui je suis ? » Moi : « Non, mais je vais t'en coller une. » Et paf, je lui en mets une ! Et lui, il m'en met deux ! Tous mes potes me félicitèrent pour mon courage. Je ne me souviens plus de qui il s'agissait. Je me souviens seulement que c'était un boxeur. Et que ce jour-là, mon côté maniaque m'a vraiment fait sortir de mes gonds !

Plus tard, j'ai commencé à voyager pas mal avec Guy Forget. Nous faisions le tour du monde dans des conditions pas possible. Rien à voir avec les jeunes de maintenant qui prennent des vols directs pour ne pas trop perdre d'énergie. A l'époque sévissait aux Voyages de la FFT une vieille dame particulièrement économe, Mme Morin, qui était capable de nous expédier en Australie en trois jours et douze étapes, façon Phileas Fogg ! Une fois sur place pourtant, c'était toujours l'éclate, où que ce soit. Nous nous entraînions dur, mais dans la joie et la bonne humeur. Sur le court, tout était prétexte à rire ou à se défier mutuellement. Je me souviens surtout d'un entraînement à Bristol, sur gazon. Tout d'un coup, Guy s'arrête et me montre une fenêtre à l'Anglaise, ouverte horizontalement, qui devait laisser libre un espace d'environ cinquante centimètres de hauteur, comme une cible rectangulaire, située à une trentaine de mètres de notre court. Il me dit : « Je te parie que je suis cap d'envoyer la balle chez les gens. OK ! » Il arme son coup (gauche), la balle part comme une fusée. Effectivement, elle traverse par la fenêtre, mais là contre toute attente, le locataire de l'appartement a refermé aussitôt sa fenêtre, sans même y passer la tête pour tenter de comprendre ce qui venait de se produire dans son salon. On n'a jamais revu la balle. Je n'ai jamais pu relever le défi à mon tour. Guy et moi avons partagé beaucoup de péripéties et d'émotion, notamment en Coupe Davis, mais pourtant, c'est cette petite scène-là qui à mes yeux symbolise le mieux notre complicité.

9

DU PETIT RIRI À MONSIEUR LECONTE

Tout ce que je peux dire, c'est que la gloire, et, par-delà, la reconnaissance, le contact fusionnel avec le public, j'ai tout fait pour les obtenir, et que aujourd'hui, tout ça me manque. Et je crains que cela ne me manque à jamais.

Quand j'arrive à Bercy ou à Roland-Garros, en costume-cravate, si quelqu'un s'écrie : « Oh, regardez, c'est Henri ! », et qu'une espèce de frémissement se propage alors autour de la personne qui m'a reconnu, que je vois sur les visages un sourire plein d'étonnement et de gentillesse, à tous les coups, ça me file la chair de poule.

C'est vrai que le public français et moi avons entretenu longtemps, dans le non-dit, un rapport d'amour et de haine. C'est très dur quand on vient d'une famille où l'on ne s'exprime pas facilement de devoir étaler ses états d'âme devant la France entière. Je ne savais pas comment m'adresser aux journalistes, ou directement au public. Ce n'était pas seulement une question de vocabulaire, ou de formules, mais plutôt de « description » des sentiments. Mettre à nu mes sentiments était un vrai supplice pour moi. Quand vous n'avez pas été habitué à ouvrir votre cœur, le faire devant tout le monde, à tout bout de champ, et toujours dans des situations de stress ou de déception, vous donne l'impression d'être carrément à poil.

Mais qu'importe aujourd'hui les malentendus, car ce qu'il en reste est très beau, et très fort, d'un côté comme de l'autre. Des gens ont pensé, dit, ou même écrit que j'étais un vrai con. Ils ont pensé, dit ou écrit que je me la « pétais », comme on dit, que j'étais prétentieux, insensible à tout ce qui m'entourait, déconnecté des réalités. Si j'ai pu donner cette impression, c'était peut-être pour mieux cacher ce que je ne voulais pas montrer à l'époque : une sensibilité à fleur de peau, une sensibilité de « gonzesse », diraient certains, celle d'un écorché vif, quelqu'un qui avait éperdument besoin d'amour et de respect.

J'ai besoin d'amour pour accompagner tout ce que je fais. S'il n'y a pas une part d'affectif dans tout ce que j'entreprends, si je ne suis pas entouré, choyé, si je n'ai pas mes enfants tout près, et si je ne peux pas voir mon reflet dans le regard d'une femme qui me fasse confiance, je ne me sens pas bien. Je me sens « le cul entre deux chaises ». Une expression que j'emploie très souvent quand je suis indécis, et je le suis plus souvent qu'à mon tour. D'un côté, il y a l'ordre que je me donne : « Vas-y, tu es le plus fort, tu es au-dessus de tout ça ! » d'où cette attitude que j'ai parfois de rouler un peu les mécaniques. Mais de l'autre côté, il y a la solitude, le doute, le manque de bases, d'où ce besoin d'être soutenu. Or, s'il y a bien un état qui m'a toujours irrité dans la vie, et empêché de faire de grandes choses, c'est bien cette impression de tiraillement entre deux états.

Aussi loin que je remonte dans ma mémoire, j'ai toujours été gêné par ce sentiment confus et désagréable d'avoir à choisir entre deux options totalement opposées, et lourdes de conséquences, dans un cas comme dans l'autre. Entre le bien et le mal, en somme.

Je me sens redevable vis-à-vis de tous les membres de ma famille qui se sont sacrifiés pour me permettre de grandir et de devenir un champion de tennis. On reçoit beaucoup quand on est un petit dernier, mais gare à vous quand vous n'arrivez pas à vous débarrasser de l'idée que vous avez une dette à payer. C'est dur d'être à la hauteur des espérances, des sacrifices qu'on a, bien malgré soi, fait naître chez les autres. C'est une grosse responsabilité. Mais je leur en serai tout de même éternellement reconnaissant.

Moi, je suis plutôt heureux de la façon dont j'ai fait ma vie, même si j'ai commis de grosses erreurs. Mais, chez moi, on ne me voit pas comme, moi, je me vois. On ne me regarde pas d'une manière naturelle, avec le même détachement que pour les autres. Au contraire, on m'observe avec toujours beaucoup (trop) d'intérêt. J'ai la sensation d'être au centre de la famille, et ce, depuis l'âge de onze ans. C'est lourd à porter. J'ai des difficultés à me sentir dans la peau d'un être « normal » qui rit, pleure, fait des trucs chouettes, et des trucs moyens. Et plus j'essaie d'établir des repères, plus je me perds. Il y a des moments où j'ai l'impression que le mieux consisterait à ne plus remuer les vieux souvenirs, à accepter le passé tel qu'il s'est déroulé ; à me dire qu'on n'y peut rien et m'obliger simplement à regarder devant moi. Me persuader qu'à trop vouloir décortiquer

mon album photo…

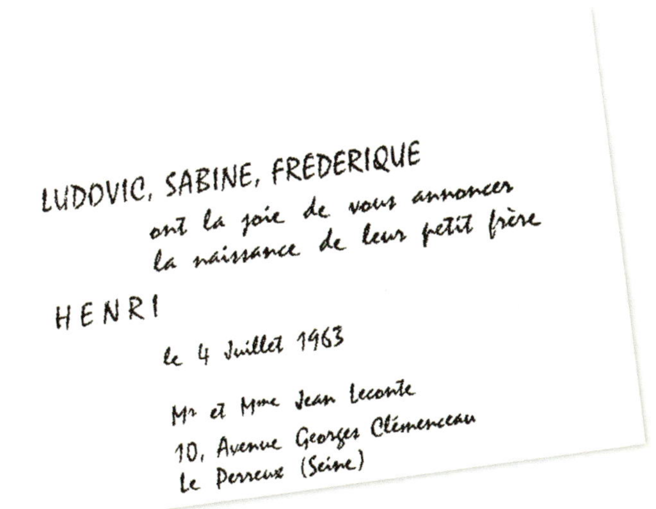
LUDOVIC, SABINE, FREDERIQUE
ont la joie de vous annoncer
la naissance de leur petit frère

HENRI

le 4 Juillet 1963

Mr et Mme Jean Leconte
10, Avenue Georges Clémenceau
Le Perreux (Seine)

Papa, maman, ma fille…
Mes plus fervents supporters !

Mes frères et sœurs... Frédérique, Ludovic et Sabine...

Ma rencontre à 17 ans, avec Ion Tiriac, le coach de Guillermo Vilas : il m'a appris la vie, la belle vie !
Et Yann, mon complice de toujours.

© Coll. part., D.R.

© Coll. part., D.R.

© Bernard Metzger

Dans un match, nous ne sommes jamais seuls.

Tout compte. L'amour d'une femme, comme ici, Brigitte, ma première épouse, qui m'a aidé dans mon ascension vers le Top 5. La dérision, incarnée par Maxime, mon fils : « Papa, c'est le plus fort ! Na ! » Et il y a aussi les impondérables, ce sont eux les véritables adversaires. Plus dangereux que le joueur d'en face, ils sont le révélateur de votre volonté : l'arbitre et ses décisions sans appel, et aussi les blessures. Celles qui vous stoppent en plein rêve. Et puis, enfin, il y a…vous, spectateurs de nos triomphes et de nos déboires. Vous qui me regardiez, parfois incrédules, qui me donniez votre force, et l'envie de vous surprendre.

MIDAS

perrier

« Vas-y, papa ! Yes ! ! ! »

J'ai gagné pour toi, mon fils !

Qui crie, qui hurle et gesticule, qui dépense son énergie sur et hors du court avec un égal bonheur. Oui, j'ai gagné, pour tous ceux qui m'ont aimé, comme Elodie, ma jolie petite blondinette, la fille de Brigitte, avec qui j'ai fait un petit bout de chemin. Le chemin vers la gloire, où il faut tout accepter, les honneurs, les fleurs et même la caricature. Aïe, aïe, aïe !

Malheur au vaincu, s'il n'ose dire les mots d'excuses.

Roland Garros 1988. Vainqueur : Mats Wilander

« Henri ! Henri ! Henri ! »
Ah, les gars, c'est sympa de me soutenir !

J'en ai la chair de poule ! Ouah, les pectoraux ! Merci, Jérôme Bianchi pour ce petit massage de biceps ! Ça fait du bien… La vie du circuit n'est pas un long fleuve tranquille, car à tout moment, il peut se passer quelque chose ! Surtout quand on côtoie des spécimens tels que Boris Becker en grande complicité avec M. Mora et Patrice Dominguez.

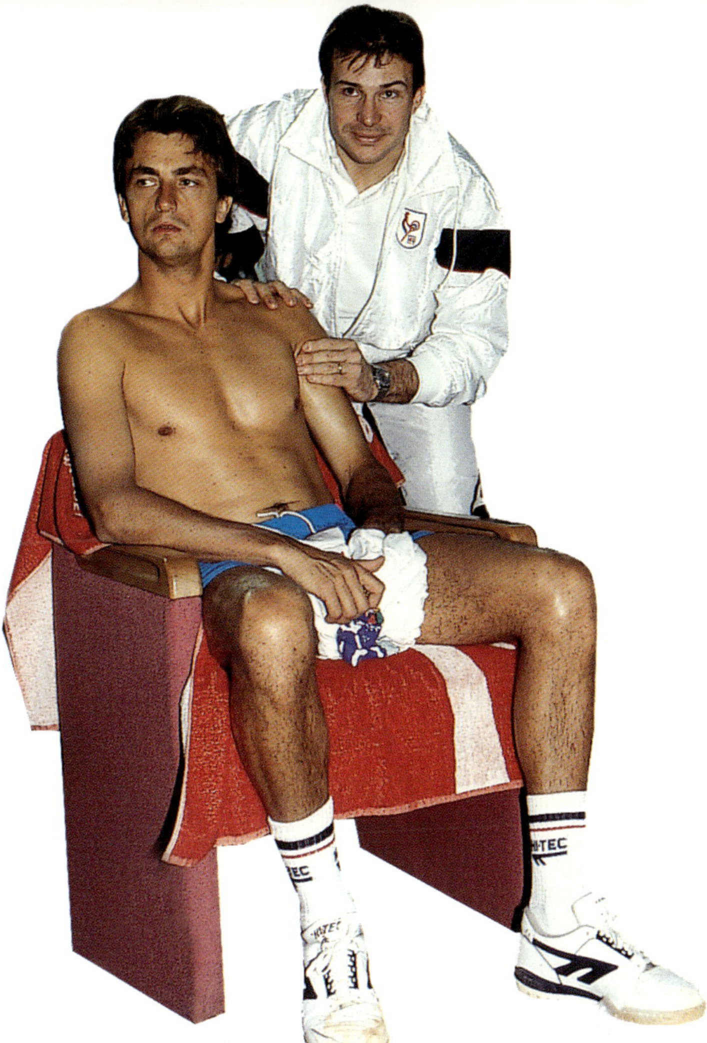

Bonheur absolu, total, indélébile. Bonheur collectif comme une liesse infinie.

La fierté partagée, une petite flamme allumée au fond de moi pour l'éternité. 1991. Lyon. Le meilleur souvenir de ma carrière. Le traité de réconciliation avec moi-même, avec le public, et tous ceux qui étaient passés sans me voir. Pas une revanche, une rencontre, tout simplement. Je ne me rappelle pas avoir eu peur. Je me rappelle que j'étais mort, et que j'ai ressuscité pour jouer la plus belle de mes partitions. Je me souviens des honneurs, de la nuit folle qui suivit l'exploit, mais rien ne sera plus vivant en moi que l'évocation d'une vraie fraternité.

Double page © Gianni Ciaccia/Sport-Vision

Mélange d'amour et de peine, de bons et douloureux souvenirs,

avec Marie Sara, ma deuxième épouse. Le temps apaise les douleurs. Surtout lorsqu'on a la chance d'être le papa d'une aussi jolie petite fille que Luna, ma petite Princesse. Comme moi, elle aime les chevaux, la nature, et la petite balle jaune. Voire les plus grosses, celles que j'échange avec M. et Mme Mora (ci-dessus).

les choses je risque de blesser les autres et me blesser moi-même.

Mais à d'autres moments c'est plus fort que moi, je réalise que j'ai quarante ans, qu'une seconde vie se présente, comme une autre chance, et qu'il ne faut pas avoir peur de ce qu'il y a dans le fond de ma mémoire. J'ai – vous allez rire – l'impression d'avoir à peine terminé mon adolescence ! Et j'en conclus qu'à présent, si je veux devenir pleinement moi-même, il faut que je règle certains problèmes. En particulier ce double rôle que je tiens depuis tant d'années qui consiste à être tout à la fois le petit garçon et le taulier de la famille.

Il y a quelque chose d'anormal parce que vous vous sentez comme un des leurs, mais eux vous traitent comme un être à part. Parfois c'est trop d'exigence, parfois trop de tolérance, mais vous êtes, même chez vous, considéré comme un être d'exception, donc pas soumis aux mêmes règles, et c'est gênant, à la longue.

Encore plus dur à vivre lorsqu'on arrête sa carrière. Parce que la famille a tendance à rester bloquée dans les années de gloire, dans le culte des moments forts, dans une certaine nostalgie que vous, vous cherchez à fuir sous peine de finir en statue au musée de Roland-Garros à côté des Mousquetaires ! Vous, vous sentez qu'il faut tirer un trait sur la gloire passée, qu'il faut tourner la page, reconstruire autre chose. Qu'il faut se projeter dans l'avenir. Mais dans votre cercle intime, tout vous parle d'avant, du temps où vous étiez « quelqu'un ».

Moi tout seul, je me crois capable de dépasser cette nostalgie, de faire un jour ce deuil (je l'espère en tout cas), mais quand je retrouve le contexte familial, ma tâche se complique, c'est plus dur. D'où cette impression, que je déteste tant, d'un nouveau tiraillement.

Cacher ma sensibilité me déprime. La montrer me rend coupable. Je n'ai guère d'alternative : soit je suis moi-même et je blesse les gens que j'aime, soit je me conforme à ce que les gens que j'aime attendent de moi, et j'étouffe. Dans un cas comme dans l'autre, j'éprouve un sentiment de tristesse et d'abattement.

C'est pour ça que de temps en temps, j'aime bien dégoupiller, faire le zouave, me lâcher.

Pour y échapper sur la durée, il faut faire en sorte d'accepter la situation. Etre suffisamment sûr de soi, de sa nouvelle vie, pour accepter la confrontation entre l'être que je suis devenu et celui que j'étais. Le plus difficile, c'est d'y arriver sans les encouragements des membres de ma famille. J'espère qu'en lisant ces lignes ils comprendront, et qu'une fois la surprise passée, mes confidences ne leur feront pas occulter toute l'humilité que j'éprouve par rapport à eux; tout l'amour, la reconnaissance et le respect que j'ai pour eux. J'espère qu'ils comprendront que je suis devenu un homme, qui tend à vivre comme tout le monde, et qu'ils diront : « Bien sûr, tu es toujours notre Henri, tu as été un champion dont nous sommes très fiers, mais tu es devenu un homme qui est responsable de ses actes, qu'on aime, et qu'on respecte, qu'on soutient sans porter de jugement. »

Je sais à l'avance que ces propos ne feront pas plaisir à tout le monde. Mais je suis content de pouvoir tout de même dire certaines choses à présent.

Je ne veux pas que mes confidences détruisent mes parents, mais j'ai besoin d'en passer par là, pour être en accord avec moi-même. Pour me sentir un grand garçon. Avec ses forces et ses faiblesses. Ma mère m'a tellement appris à rester bien droit devant l'adversité, à faire face à toutes les difficultés, à ne jamais faillir, ne jamais rien montrer aux autres, ne jamais m'appesantir sur mon sort, qu'aujourd'hui j'en arrive à avoir peur d'aller trop loin dans mes propos si je lève cette interdiction.

C'est d'ailleurs incroyable d'arriver à mettre dans un livre des choses que je n'arrive pas à exprimer en paroles. Je sais que depuis longtemps j'aurais dû dire : « Maman, il faut que je te parle... » Et enchaîner. Mais c'est impossible. Quelque chose de fort m'en a toujours empêché. La dernière des choses que je souhaite, c'est lui faire du mal.

Comme je l'ai expliqué, j'ai été couvé, et je suis encore son petit Riri. Riri, pour la vie ! Parfois, j'ai l'impression que maman me regarde comme une œuvre d'art, comme « sa » réussite, son bijou, et qu'elle ne veut pas que je change.

Mes parents m'ont élevé dans le respect de principes extrêmement stricts dont je suis très fier. Je suis également conscient que c'est grâce à ces principes-là que j'ai pu traverser toutes les difficultés que j'ai rencontrées dans la vie. C'est grâce à leur éducation que je n'ai jamais sombré dans la drogue ou l'alcoolisme, même aux pires moments de doute, et c'est grâce à eux que j'ai ce « je-ne-sais-quoi » qui me permet d'être apprécié de tous les milieux, des plus modestes aux plus huppés.

Mais... Il y a un « mais »...

L'éducation que mes parents m'ont donnée était basée sur le courage d'affronter les difficultés de la vie. D'aller à la vie comme on part en guerre, pour se battre, pour gagner, et surtout, surtout, sans jamais montrer ses faiblesses. En brave petit soldat, je me suis protégé avec une carapace, mais lorsque j'ai été rattrapé par l'opinion publique, quand les gens ont découvert mes faiblesses et les ont mises en pleine lumière, je me suis retrouvé sans ressources, totalement détruit. Et soumis au silence. J'ai souffert, incapable de me défendre, sauf en fanfaronnant, ou en me montrant arrogant. Je me souviens qu'on me posait des questions du genre : « Qu'est-ce que ça fait d'être tantôt un héros, tantôt un raté ? » Je ne retenais que le dernier mot : « Raté. » Je me disais : « Mais pourquoi ils disent que je suis un "raté" » ?

Alors je répliquais comme je pouvais, je contre-attaquais dans l'unique but de repousser leurs insinuations, de me protéger. Quand les gens ont commencé à décortiquer toutes mes maladresses, j'ai découvert la vraie souffrance mentale. Beaucoup riaient. Certains se foutaient de ma gueule parce que je faisais des fautes de français, ou tout simplement parce que j'avais des lacunes de culture générale. Ce qui ne m'empêchait pas de raisonner plutôt juste. Il y avait des gens de qui je l'acceptais, d'autres, non. Parce que je les respectais aussi peu qu'ils me respectaient. J'éprouvais principalement un sentiment d'injustice qui pouvait me rendre agressif.

D'accord, j'ai arrêté l'école à quatorze ans. OK, il m'arrive parfois de prendre un mot pour un autre, ou bien d'employer des expressions qui laissent tout le monde pantois, genre la « Caserne d'Ali Baba » ou autre baliverne que je peux sortir comme ça, sans réfléchir.

La culture m'a manqué, cruellement. J'avais et j'ai, même encore maintenant, des manques importants. J'ai du mal à entrer dans les livres, à me concentrer longtemps. J'ai des difficultés à écrire sans fautes d'orthographe. A l'école quand j'avais un sujet de rédaction imposé, j'étais nul, mais dès qu'il y avait sujet libre, je faisais grimper ma moyenne ! J'avais 14/20 ou 15/20 quand je racontais mes rêves, mes matchs gagnés, quand je me voyais en champion.

On m'a trop souvent manqué de respect. Il y avait des gens soi-disant très cultivés, très malins qui m'ont taillé alors que ce qu'ils faisaient de leur vie n'étaient pas tellement plus impressionnant que ce que moi, je faisais de la mienne. Je me souviens notamment d'un journaliste qui m'allumait parce que j'aurais été tout le temps blessé. N'empêche qu'un jour il s'est fait opérer du dos pour une blessure comparable à l'une des trois plus graves que j'aie eues. Il a eu l'honnêteté de venir s'excuser et de me dire : « Maintenant que je suis moi aussi passé par là, je me demande comment tu as pu faire pour rejouer au tennis ! Moi-même, j'ai du mal à marcher ! » Cela m'a beaucoup touché.

Poussé dans mes retranchements, honteux de mes failles, c'est vrai que je partais parfois dans des délires incompréhensibles. Même moi je n'arrivais pas à me suivre ! Je dérangeais. Et plus je dérangeais plus j'étais critiqué et plus je souffrais d'être incompris. Mettez-vous à ma place : quand vous gagnez, que vous êtes fier de représenter votre pays, que vous êtes honnête, que vous n'avez qu'une envie, c'est de rendre tout le monde heureux autour de vous, et qu'en fin de compte vous vous retrouvez traqué par les médias, la risée de plein de gens, et critiqué sans arrêt comme si, quoi que vous fassiez, cela n'était jamais assez bien, vous ne pouvez rien éprouver d'autre que du dépit, et une forme de désespoir.

D'un autre côté, les mauvais articles, parfois, me stimulaient et me rendaient revanchard. Je me disais : je vais lui montrer à lui, qui je suis ! Je vais lui montrer que je n'en ai rien à faire de son article ! Mais au fond de moi, j'avais beau dire, j'avais beau faire, j'étais blessé. Comment pouvez-vous imaginer le contraire ?

Imaginez votre vie, étalée dans *France-Soir* sous un flot de sarcasmes, où, en gros, il est démontré que vous êtes le dernier des abrutis ? Je suis un garçon un peu susceptible de nature. Par exemple, quand la femme de ma vie m'adresse une petite remarque sur quelque chose que j'ai dit, ou fait, je l'accepte ou fais mine de l'accepter, mais, même quand elle a raison, je suis toujours un peu vexé. Alors quand la remarque me tombait dessus, et commentée sur toute la distance d'un article, l'humiliation était encore plus cuisante.

Je reconnais que j'étais difficile à cerner, mais quelle souffrance j'en ai éprouvé ! Vous ne pouvez pas savoir à quel point ! Et tout ça, c'est venu du fait que je suis un Leconte, et qu'un Leconte, ça ne parle pas. Voilà, je l'ai dit...

Ma mère joue les extraverties, comme moi. Peut-être est-ce pour cacher une grande anxiété. Il suffit de me voir préparer mes bagages pour comprendre quel genre d'anxieux je suis ! C'est dingue. J'entre dans des espèces de transes muettes où tout est source de stress. Tout est souci. Tout est pesé, tout est pesant. Chaque paire de chaussettes, chaque caleçon, chaque document de douane est passé plusieurs fois au crible. Tout est rangé à sa place. Les valises sont faites d'une façon méthodique, pour ne pas dire maniaque. C'est une vraie folie pour quelqu'un qui voyage autant que moi. Mais je crois que c'est en ces occasions que toute mon anxiété se manifeste de la façon la plus spectaculaire. Le reste du temps, elle reste tapie au fond de moi. J'ai bien appris ma leçon !

Pour vivre avec Brigitte, j'ai carrément rompu les ponts avec ma famille. Un souvenir épouvantable. C'est affreux d'être fâché avec ses parents. Je l'ai très mal vécu, même si, au final, cela m'a endurci. Mais à l'époque, je me suis quand même fragilisé à cause de cette rupture. Le malaise que j'évoquais plus haut, dû aux effets conjugués des tiraillements et des difficultés à m'expliquer, s'est dangereusement amplifié à cette époque-là.

J'ai voulu « avoir l'air », Brigitte en a rajouté (« Je ne veux plus qu'on l'appelle “Riton”, mais “Monsieur Leconte” »), et les médias ont réagi en conséquence.

Quand on est bien avec les médias, tout va bien. Ils traitent les événements parfois de manière subjective, mais s'ils vous trouvent sympa, dans l'ensemble, en France – comparé à d'autres pays où c'est le harcèlement permanent – on peut s'en tirer pas trop mal.

En revanche, si vous les braquez, si vous les prenez de front, si vous essayez de leur échapper, ou de leur dicter ce qu'ils ont à dire de vous, là, c'est d'abord le « lâchage », puis le « lynchage » médiatique. Et croyez-moi, il faut être drôlement costaud mentalement pour s'en sortir sans dommage.

Je ne parle pas de la presse sportive. Mais, à la grande époque de Brigitte, la presse « people » s'est dit : « Le couple Leconte, il nous fait ch..., on va se le farcir. » Et en plus, c'est toujours bien pour les magazines d'avoir à disposition des « gentils » people et des « méchants » people. Ça crée de l'animation. Là, j'étais le « sale con », j'étais devant, en première ligne, et j'en ai pris plein la gueule !

Et comme je suis plutôt primaire dans mes réactions lorsque je me sens attaqué, au lieu d'essayer de calmer le jeu, j'en ai rajouté, moi aussi. J'ai adopté à l'excès les défauts qu'on me reprochait : au lieu d'écouter et de corriger mon comportement, je suis monté sur mes grands chevaux. Face à l'incompréhension, et n'ayant pas appris à faire amende honorable, j'ai reproduit ce que je savais depuis toujours : on ne montre pas qu'on souffre, on ne montre pas qu'on est touché, on méprise, on va de l'avant, on écrase tout sur son passage : tout plutôt que de s'écraser, soi.

Comme je suis plutôt excessif, j'ai dû croire moi-même à mon personnage. Une catastrophe !

J'avais une boule dans le ventre, je ne pouvais plus parler normalement quand je m'exprimais en public. Le problème avec les gens qui ne savent pas parler, c'est que lorsqu'ils y sont contraints, les mots dépassent et déforment leur pensée.

Il faut bien comprendre qu'à l'époque où j'étais en conflit avec les médias je ne disposais pas de mots pour dire tout simplement : « Bon, OK, fin du round. On discute cinq minutes, on remet les pendules à l'heure et on repart sur des bases saines », comme je pourrais le faire à présent, le cas échéant.

En plus, je ne comprenais pas pourquoi les gens ne me soutenaient pas. Pour en revenir à cette fameuse finale perdue, à Roland-Garros, quand le public commence à me siffler, je ne comprends pas. Je me demande : pourquoi ils me sifflent, moi ? J'avais l'impression horrible qu'ils auraient peut-être soutenu un autre que moi, qu'à moi, on ne pardonnait rien. Mais pourquoi les gens étaient-ils si durs ?

Je me sentais si faible alors... Tous mes complexes revenaient. Et j'en avais des complexes, croyez-moi ! Je suis comme tout le monde, j'avais beau faire le beau, je me sentais si mal dans ma peau.

J'aurais voulu être un athlète, à la Noah, avec les plaques de chocolat... Mais moi, c'était plutôt de la mousse au chocolat que j'avais ! Je n'étais pas spécialement laid, et pourtant, qu'est-ce qu'on m'a cassé les pieds avec mon physique aussi !

Quant à mon potentiel, je n'en parle même pas : j'étais décrit comme un bon joueur, mais jamais comme un champion. Je reconnais qu'il y avait du vrai, mais comme c'était dur à entendre ! Auraient-ils eu la dent aussi dure si je n'avais pas de mon côté fait le coq de la basse-cour, le mec blasé, intouchable ? Je ne sais pas...

C'est comme toute l'histoire montée en épingle parce que je voulais qu'on m'appelle « monsieur » : c'était n'importe quoi, mais en même temps, pas si anodin. C'était bien une évocation de la reconnaissance dont je rêvais.

Je m'appelle Henri. Henri, dans les années 80, pour un môme né en 1963, ce n'était pas facile à porter. Heureusement que Balavoine a écrit cette superbe chanson :

Je me présente,
Je m'appelle Henri,
J'aimerais bien réussir ma vie,
Etre aimé-é !

Cela m'a un peu facilité la tâche.

Et maintenant, à quarante ans, je trouve que « Henri Leconte », ça sonne bien. Ce prénom, Henri, je le tiens de mon grand-père paternel. Henri, un grand monsieur qui ne parlait pas, lui non plus. Il avait un côté Gabin. J'étais son petit-fils adoré.

Henri, dans mon esprit, ça faisait très sérieux, très sage. Or moi, qui étais turbulent, qui courais partout, je trouvais qu'avec ce prénom j'étais un peu en « décalage horaire » avec mon caractère, et avec les autres garçons de mon âge. J'aurais voulu m'appeler... Jules ! Ou n'importe quel prénom « Rock'n' roll », marrant, moderne. Mais ni Robert, ni André, ni... Henri ! Je sais que beaucoup de gens trouveront ça puéril, mais bon, je vous raconte les choses comme elles me viennent... C'est comme Leconte. J'aimais bien mon patronyme. « Leconte », mais qu'est-ce qu'on m'a chambré, avec des jeux de mots à la noix, dont le fameux « Leconte n'est pas bon... », ou le pire, sans vouloir citer son auteur : « Leconte ? Il y a une syllabe de trop... ! »

N'empêche qu'aujourd'hui, mine de rien, et même si je n'ai pas gagné de tournois du Grand Chelem, mon nom, il ne dépareille pas trop dans l'histoire du tennis, aux côtés de « Becker », « Noah », « McEnroe », « Borg », « Connors », « Vilas », « Nastase »... De cela, je suis heureux.

Tout comme je suis content quand une personne, quelle qu'elle soit, s'adresse à moi, même de façon banale, en disant : « Monsieur Leconte, s'il vous plaît... » Je me dis que quelque part, j'ai gagné une forme de respect, et j'en suis... pas fier. En fait, non, pas fier, mais... attendri. Cela paraîtra dérisoire à beaucoup de gens, mais moi, je peux vous le dire aujourd'hui : ça me fait du bien.

10

LES LECONTE

Comme je l'ai raconté dans le chapitre précédent, la famille Leconte est une famille dont les membres ne s'expriment pas volontiers. Mon père parle très peu. Quand il parle, ça vient du cœur, c'est toujours à bon escient, mais il faut vraiment que la situation l'oblige à intervenir, sinon, il se contente de rester attentif, mais silencieux.

Mon frère aîné Ludovic, qui m'a beaucoup aidé dans ma jeunesse – il a même été mon coach –, est le seul qui ait eu l'audace d'ouvrir sa gueule dans la famille. Professeur de tennis (comme le fut ma mère), il est par ailleurs excellent orateur en toutes circonstances. Il est le seul à dire ce qu'il a à dire, sans avoir peur de faire des vagues.

Ludo, il est au-dessus du lot.

Il vit dans un autre monde. Sur une autre planète.

Mais tous les deux, nous nous comprenons, nous pouvons communiquer. Si bien qu'il est devenu, au fil des années, celui de la famille qui me connaît le mieux, en tout cas, qui me comprend le mieux. Il sait comment je réagis, et surtout pourquoi j'adopte parfois certains comportements « bizarres ». Il ne m'a jamais perdu de vue. Mais il n'a jamais cherché à faire l'entremetteur entre mes parents et moi quand nous étions en crise. Il pensait que cela ne le regardait pas. Ludo est un grand rêveur, quelqu'un d'immatériel, toujours de bonne humeur. Il aime jardiner. Il est à fond dans le flower-power. Il a un look d'enfer. Un look complètement baba cool, à l'opposé de moi qui adore la mode. Il a réussi à sortir complètement de la société de consommation, sans en souffrir le moins du monde. Bien au contraire, il se fiche totalement des signes extérieurs de richesse.

Il est vachement fier de ce que j'ai accompli, d'autant qu'il y a activement participé, mais il est détaché de ce que cela représente en termes d'image ou d'argent. Il est content de ce que je fais, s'intéresse à mes résultats sur le Seniors Tour, mais ignore quelle voiture je conduis, ou quel portable je viens de m'offrir.

Pour ses quarante ans, je lui avais offert un beau cadeau. Une voiture. Il a des enfants, et cela me faisait mal au cœur de le voir conduire sa vieille 4L, avec des freins peu sûrs. La voiture neuve arrive, conformément à une petite mise en scène que j'avais préparée, et quand il comprend qu'elle est pour lui, il me regarde, il me rend aussitôt les clés que je venais de lui donner, et il me dit, droit dans les yeux : « Je n'en veux pas de cette voiture, Henri. Moi, tout ce que je veux, venant de toi, c'est de l'amour. »

Cela m'a touché à un point !

Je n'ai pas été du tout vexé, bien au contraire. J'en suis resté bouche bée, béat d'admiration.

Je nous revoyais tous les deux quand il venait me chercher à l'INSEP dans sa 4L pourrie. On était heureux là-dedans ! On allait jouer ensemble, on se marrait bien. Alors ça m'a donné une idée, que je n'ai pas encore mise à exécution, mais je ne tarderai pas à le faire : je vais essayer de lui retrouver la même 4L de notre jeunesse, et je mettrai plein de fleurs à l'intérieur, et un gros nœud par-dessus. On verra si cette fois, il voudra bien accepter un cadeau de ma part !

J'ai deux sœurs. L'une d'elles, la plus jeune des deux, s'appelle Frédérique, Zébulon, ma Zébu... Tout jeunes, nous étions inséparables, car nous étions les deux « petits », comparés aux deux « grands », Ludovic et Sabine. Nous faisions nos bêtises ensemble, nous étions très complices, quand par exemple nous descendions sur la pointe des pieds regarder la télé, cachés au pied de l'escalier. Plus tard, nous nous sommes heurtés l'un à l'autre, faute d'arriver à se parler en adultes. Elle a choisi de s'exprimer par le biais de l'écriture, d'ailleurs. Avec plus de facilité qu'oralement, mais le lien qui nous unit est toujours très serré, même si nous entretenons une relation perturbée par une incompréhension mutuelle. Comme je l'ai souligné, la difficulté à s'expliquer simplement a toujours été le problème des Leconte. Or l'incompréhension, dans une famille, ça vous bouffe, ça vous fait souffrir. Mais je suis sûr qu'un jour viendra où nous arriverons à mieux communiquer. Je le souhaite, en tout cas.

Gamine, Zébu (on l'appelait ainsi à cause du *Manège enchanté*) débordait d'énergie, elle sautait dans tous les sens. Elle était très douée pour le tennis, au moins autant que moi. Dotée d'un coup de raquette exceptionnel, c'était la Steffi Graf de son époque. Mais elle n'a pas eu de chance, elle n'y a pas cru, et en plus, elle s'est blessée. Elle n'est pas allée au bout de son potentiel. Elle en a souffert. Elle s'en veut encore de s'être arrêtée à mi-parcours. Je pense qu'elle a le sentiment que je lui ai coupé l'herbe sous le pied, et je le regrette profondément. Car je m'aperçois combien cela l'a perturbée dans sa vie, alors qu'elle est une jeune femme qui a vraiment de l'or dans les doigts. Elle fabrique tout de ses mains, rénove des appartements avec un talent fou. Et c'est ça le plus important.

L'aînée de mes sœurs, Sabine, jouait également assez bien au tennis. C'est probablement la plus réservée de toute la famille, la plus secrète, et malheureusement, j'ai l'impression de ne pas bien la connaître. Elle vit aujourd'hui en Nouvelle-Calédonie. Nous ne nous voyons guère. C'est dommage.

Mon père est tout comme mon grand-père, il n'est jamais aussi heureux que lorsque toute la famille se retrouve sous un même toit. Et je dois avouer qu'en dépit de toutes les difficultés rencontrées, au-delà de tout ce que nous avons pu nous dire, et surtout de tout ce que nous n'avons pas osé nous dire, les images les plus fortes que j'aie enfouies en moi sont des souvenirs où, ayant laissé tout ressentiment de côté, nous étions effectivement tous les Leconte, réunis, au grand complet. Mon père, c'est la force tranquille !

Pour finir ce chapitre, je tiens à rendre hommage à ma mère, une femme dotée d'une énergie et d'une combativité exceptionnelle qui a élevé ses quatre enfants avec un papa souvent absent... et a fait preuve de beaucoup de sacrifices pour y arriver. Même si parfois j'étais en conflit avec elle, je tiens à lui dire combien je l'aime.

11

MARIE SARA

Quelqu'un, un jour, m'a demandé si Marie Sara, pour moi, ce n'était pas un peu la Belle au Bois dormant, Cendrillon et la Petite Sirène réunies. Cela m'avait laissé perplexe, car en effet, j'ai vraiment été fasciné par le charisme, la personnalité magique de Marie, comme aurait pu l'être un enfant devant une vraie fée. Mais l'enchantement n'a, hélas, pas duré. J'ai bien morflé, mais aujourd'hui, ça va.

Quand j'ai rencontré Marie, elle était déjà *torera* à cheval, une adorable *reonadora.* Mais elle n'existait pas encore en terme de notoriété. En la voyant, j'ai complètement craqué. Je suis tombé raide amoureux en quelques instants. C'était à Saint-Tropez, l'été 1994, dix ans tout juste après mon fameux faux mariage à Roland-Garros.

Elle figurait parmi les invités d'une soirée Blanche d'Eddie (Barclay). Elle était venue avec une copine. La légende dit que j'aurais échangé les petits papiers avec nos noms dessus pour faire en sorte de me retrouver à côté d'elle, à table. C'est romantique, mais c'est faux. Il n'y a pas eu de petits papiers. Je lui ai demandé tout simplement de s'asseoir à côté de moi, et nous avons commencé à faire connaissance. J'étais cool, en vacances, presque en fin de carrière. Célibataire, libre comme l'air, j'avais encore quelque argent, et j'étais un cœur à prendre...

On dit que les histoires d'amour finissent mal en général : je vous le confirme ! Les lecteurs d'un ouvrage de Michel Field consacré au hasard des rencontres auront été sans doute étonnés d'apprendre ce que moi j'ai ignoré pendant longtemps : Marie était déjà amoureuse d'un autre homme avant que je ne réalise l'échec de notre couple. Triste réalité.

Mais aujourd'hui quelle importance ? Quand je pense à Marie, je ne me préoccupe plus que de notre fille, Sara Luna, une enfant exceptionnelle. C'est ma petite Manon des Sources. Elle est belle comme un soleil. Très douée au tennis, et en dessin, également. Elle est intelligente, gracieuse, douce, sage et attentive. Marie s'en occupe très bien. Je fais moi-même tout ce qui est en mon pouvoir pour la choyer, et l'éduquer. Malheureusement, pas assez à mon goût.

Quand je suis tombé amoureux de Marie, je ne l'avais encore jamais vue à cheval. Là, elle m'a scotché ! Elle n'est peut-être pas la plus belle femme que j'aie aimée, mais à cheval, elle l'était vraiment.

A la suite de notre rencontre, je suis restée quinze jours auprès d'elle, à Nîmes, où je l'avais rejointe en hélicoptère, sans qu'il ne se passe quoi que ce soit entre nous.

Marie Sara prenait un malin plaisir à me maintenir dans une sorte de complicité ambiguë, plus amicale qu'amoureuse. Toutes mes tentatives d'approche se soldaient par un élégant renvoi dans mes 22 mètres. On peut dire qu'elle m'a toréé grave ! Elle m'a posé quelques belles banderilles, et puis à la fin, elle est arrivée avec la *puntilla*, moi j'ai bien baissé la tête, et elle m'a tué !

Mais n'anticipons pas... Je poursuis mon récit. Evidemment, je devins de plus en plus accro. Je la conduisais en voiture partout. Nous sommes allés jusqu'à Madrid. Elle m'a fait découvrir l'Andalousie... J'aurais pu l'emmener au bout du monde !

Je commençais à vaciller face à son indécision, quand enfin un soir, elle se décida à m'ouvrir sa porte, et alors, là : BIG LOVE ! ! !

Et tout est parti de là. Nouvelle notoriété pour elle, nouvelles emmerdes pour moi.

Marie Sara et moi nous sommes mariés le 20 janvier 1995, en l'église des Saintes-Maries-de-la-Mer, où repose sainte Sara, la Vierge noire des gitans. Il y avait foule autour de nous, beaucoup de gitans, bien sûr, du côté de la famille maternelle de Marie. C'était très impressionnant. Une ambiance extraordinaire, très spéciale. Je sentais que j'entrais dans un monde différent, un peu mystérieux. Pour moi, la Camargue, c'est plus qu'une région, c'est presque un pays. Les gens de là-bas sont français, mais surtout « camarguais » dans l'âme, inclassables. La Camargue, c'est une autre planète, méconnue, fascinante. J'ai essayé de comprendre comment ils fonctionnaient, mais je n'ai pas compris. On se sent toujours comme un étranger. Un visiteur. Quelqu'un de passage.

Cela dit, je me suis adapté, même si j'ai toujours eu le sentiment que certaines choses m'échappaient. Le jour du mariage n'est pas un jour qui est resté gravé dans ma mémoire, en tout cas, beaucoup moins que le jour de la naissance de Maxime et de Sara Luna.

Le « mariage » pour moi n'est pas une fin en soi, c'est l'amour dans sa beauté qui m'intéresse, pas les cérémonies. Bien sûr, ce jour-là, j'y croyais, à l'amour, mais vous voyez : nous nous sommes engagés, nous avons signé un papier et pourtant, l'amour a tout de même disparu !

A l'époque, Marie et moi avons fait pas mal la première page des magazines. Nous joignions l'utile à l'agréable : nous nous aimions, nous le faisions savoir, et cela augmentait la cote de Marie au box-office des courses, surtout en France. Un peu plus tard, elle a commencé à insister pour que je revienne m'installer en France, alors que, financièrement, ce n'était vraiment pas raisonnable. J'aurais dû rester en Suisse, mais j'ai craqué. J'étais amoureux, j'ai fait tout ce que je pouvais pour lui faire plaisir. Je lui ai acheté un mas, des chevaux, des trucs et des machins, tout ce qu'elle voulait. Ça a été le début de la fin, le début de ma ruine. Je sais que j'ai été un tremplin décisif dans le cadre de sa carrière. Mais de cette histoire, il ne reste qu'un seul trésor : Sara Luna.

Je me demande encore pourquoi j'ai tant manqué de discernement. J'agissais avec Marie comme si j'étais envoûté par elle et son cadre de vie. Le temps qui s'écoulait ressemblait en effet à un rêve, un peu comme une version tonique de la *Petite Maison dans la prairie*.

J'ai toujours adoré les chevaux, c'est merveilleux un cheval, n'est-ce pas ? Alors avoir un cheval à soi ! Quand on peut se le permettre, c'est fabuleux. Et plein de chevaux à soi ! Et autant à offrir à la femme qu'on aime ! Tous plus beaux les uns que les autres. Marie avait le chic pour repérer les plus beaux. Vous imaginez ce qu'on peut ressentir le temps que cela dure ? En fait, je nous offrais du bonheur à l'état pur. Et même s'il était complètement déconnecté du raisonnable, cet épisode de ma vie restera l'un des plus marquants.

Pourtant un « Je t'aime », pour moi, aujourd'hui, c'est encore la porte ouverte à la douleur. Or, je ne veux plus souffrir. Enfin si, je veux bien souffrir des aléas de la vie, mais je ne veux plus souffrir d'amour. Plus jamais. Je n'en ai plus la force.

Je sais bien que tout cela n'est pas simple, voire même paradoxal pour quelqu'un qui de l'extérieur semble aussi cool que moi. Mais j'en suis là de ma vie, à la fois lucide, plein d'espérance, mais un peu bloqué tout de même, sentimentalement. Je suis comme devant un passage à niveau. J'attends que la barrière se lève. Et je sais que quand je serai passé de l'autre côté, j'aurai sauvé ma peau.

Mais d'abord, il faut raconter la fin de la belle histoire d'amour... Le ciel s'est voilé. Les premiers coups de tonnerre ont retenti, le rêve a viré au cauchemar. Je n'ai pas envie d'entrer dans des détails sordides, car cela ne servirait à rien. Mais si je devais résumer la situation, je pense que j'ai aimé Marie sûrement plus qu'elle ne m'a aimé.

J'ai essayé de comprendre sa démarche. Elle évoluait dans un métier très dur, où la concurrence est terrible, le machisme bien implanté. La tauromachie fait commerce, mais c'est avant tout un art pour ceux qui la pratiquent. Un art pas reconnu, mal accepté. Un art qui soulève les passions dans les deux sens, de l'adulation pour les *aficionados*, au rejet total pour les autres. C'est une culture qui génère peu d'indifférence. Marie rêvait d'une reconnaissance universelle de son talent, alors qu'elle devait chaque jour affronter le mépris, l'incompréhension, voire la haine. Je comprenais qu'elle le vive mal, compte tenu de toute l'énergie et des sacrifices qu'elle avait mis au service de sa passion. Elle vivait dans la déception perpétuelle d'être incomprise en France, en tout cas pas autant appréciée qu'elle estimait le mériter, ou qu'elle l'aurait été si elle était née espagnole.

Au fil des années, Marie s'est aperçue que tous ses efforts seraient vains, qu'elle n'arriverait jamais à s'inscrire dans la société française comme une vedette à part entière, et je suis sûr qu'elle en a beaucoup souffert.

On m'a souvent demandé, quand j'étais avec Marie Sara, ce qu'un homme pouvait éprouver lorsqu'il voyait son amour, la mère de son enfant, risquer sa vie à maintes reprises, face à de puissants taureaux, sans qu'il lui soit possible d'intervenir.

Le phénomène est en effet très rare, mais la réponse banale : je n'y pensais pas. Je vivais la passion de Marie à son rythme, et comme elle n'y pensait pas elle-même, je n'y pensais pas non plus. Dans un sens, tant mieux, car si j'avais pris conscience du danger, je lui aurais peut-être demandé d'arrêter. Et elle ne l'aurait pas fait, parce que c'était sa passion et qu'elle aurait donné sa vie pour ça. Mais c'est quelque chose que je comprenais instinctivement pour l'avoir vécu moi-même non pas sur un court de tennis, mais dans les courses automobiles. Vous savez qu'à chaque virage, vous pouvez y laisser votre peau, que sur un tour de clé vous pouvez brûler vif, bloqué avec votre harnais. J'ai souvent fait des courses avec ce sentiment étrange qu'en effet le danger existe – vous n'êtes pas totalement inconscient – mais qu'il est en quelque sorte soumis à la fatalité. Qu'il ne dépend pas de vous. Que vous, tout ce que vous avez à faire, c'est être concentré, vigilant, prompt à réagir. Et qu'à trop penser au risque, tout ce qui pourrait vous arriver, c'est provoquer l'accident.

J'ai essayé de comprendre l'art de la tauromachie parce que j'ai profondément aimé voir Marie toréer. Elle était alors d'une grande beauté. Magnifique d'élégance, de charme, de fureur et de force, sur son cheval dont elle était capable d'anticiper le moindre revirement. En même temps, c'est vrai, je ne supportais pas la mise à mort du taureau. Je n'ai jamais supporté même l'idée qu'on puisse tuer un taureau. Paradoxal, n'est-ce pas ? Et pourtant rigoureusement sincère. J'aimais une torera et ne supportais pas l'idée de voir un taureau tué dans l'arène, de ses propres mains qui plus est. Chaque fois qu'approchait le moment fatidique, que je voyais Marie le bras levé en direction du taureau, je détournais le regard. Je regardais ailleurs, et l'enfant qui sommeillait en moi se mettait à crier : « Mais vous êtes fous ! »

J'ai tout fait pour comprendre cet art. Je crois bien que j'y suis parvenu et que je l'ai aimé, et pourtant, je n'ai jamais cessé de le trouver barbare.

Je passais au-dessus par amour, par respect pour ma compagne. J'ai voulu épouser sa passion en même temps que Marie. Une attention que j'aurais voulue réciproque.

Si Marie représente un chapitre important de mon histoire, je voudrais pouvoir tourner la page. Un divorce, ce n'est jamais facile, même quand cela se passe relativement bien. Deux divorces, croyez-moi, ce n'est pas du gâteau ! A présent, je n'éprouve vraiment plus aucun sentiment pour Marie Sara : ni amour, ni haine, ni remords, ni regrets, ni tendresse, ni dégoût. Rien. Et je n'ai aucun regret non plus à ne plus fréquenter son milieu.

Marie Sara et moi nous sommes quittés peu après la vente de notre somptueux nid d'amour. J'ai également dû renoncer à mes chevaux, à mes chiens... Un crève-cœur.

A présent, je souhaite plus que tout reconstruire pour toujours une cellule familiale, redécouvrir une terre où je pourrais m'enraciner et vivre en harmonie avec les miens. Mais ce n'est pas le genre de choses qu'on décide tout seul.

Ça vous tombe ou non sur le coin de la figure si on a la chance de rencontrer la bonne personne. Mais si je vois bien le tableau, disons le cliché, je ne peux l'envisager que si j'éprouve des sentiments bien réels et qui durent. Or, plus les échecs s'accumulent, et plus il me faut de patience pour commencer à croire qu'une nouvelle harmonie est possible, et peut s'inscrire dans la vraie vie, avec ses tonnes de contrariétés, de détails pratiques et ennuyeux.

Je pourrais me dire, après tout ce que j'ai connu : « à présent, je me protège, je me fais tout petit », ou bien alors « je mets une stratégie au point, et je m'y tiens ». Mais ce n'est pas dans ma nature, je choisis encore de prendre le risque de m'exposer parce qu'à mes yeux, la vie n'a de sens que dans la conquête.

Heureusement, l'expérience m'a appris qu'on pouvait prendre des risques « calculés », qu'il était permis de prendre certaines précautions et qu'il était dangereux de foncer comme un fou sur tout ce qui semble vous correspondre. Mais, sur le fond, rien ne change. Comme j'aime à le répéter : « On ne change pas une personne, on la fait évoluer. » Moi, j'évolue. Je mûris doucement.

Je mets un peu plus de temps avant de prendre une décision, même quand l'envie me prend d'aller droit à l'essentiel. En prenant un peu d'âge, j'apprends à décoder le comportement des gens que je rencontre, à travers un filtre très féminin qui consiste à se poser la question qui tue : « Cette personne, tu la sens vraiment ? Ou bien tu ne la sens pas ? » La réponse constitue généralement un bon début.

Avant, je voulais tellement que cela se passe bien avec les nouvelles rencontres, que même si un détail m'alertait, je feignais de l'ignorer pour le simple plaisir d'aller plus loin. J'admets que l'attitude est dangereusement puérile, mais j'ai tellement envie de vivre de grands moments que je suis prêt à en payer le prix.

Ma vie, je la vois comme un puzzle. Je le remplis patiemment et d'un seul coup, d'un coup de genou, j'envoie tout en l'air et je recommence. J'ai remarqué que, chaque fois, je remets toujours les mêmes pièces au centre. Des pièces incontournables. Elles représentent la vérité, la sincérité, la spontanéité...

Ceux qui me connaissent bien le savent : je n'ai pas un sou de vice ni de perversité. Je veux croire à des relations totalement pures, et déconnectées de tout intérêt financier ou autre. Souvent déçu, j'ai fichu en l'air plusieurs puzzles dans ma vie, préférant tout détruire plutôt que d'essayer de rafistoler un rêve évanoui. Chaque fois, ce geste fatal me laisse dans un état d'infinie tristesse. Pour que je sois bien, il faut que ça circule entre le monde et moi. Mon énergie vient de ce que je donne et de ce qui m'est donné. Ma joie la plus précieuse, c'est sentir que je fais vraiment plaisir à quelqu'un.

Ce qui m'intéresse avant tout dans l'amour c'est l'espoir de la fidélité absolue et éternelle, et le sentiment que la femme de ma vie et moi, nous serons galvanisés l'un par l'autre. Qu'elle et moi, serons touchés par une espèce de grâce qui nous permettra d'accomplir des choses bien plus belles que celles que nous aurions faites sans l'autre. En fait, j'idéalise le couple. Je veux avoir l'impression de toucher du doigt une sorte de perfection, un idéal, qui nous fait décoller du sol, nous place au-dessus des contingences matérielles. Etre un être humain tout seul ne m'intéresse pas.

Pour moi, l'amour, c'est comme un fluide magique qui rend tout plus beau, qui préserve de tout, qui maintient dans une sorte d'énergie créative, dynamique. Si l'on n'est pas heureux en amour, on commence à se plaindre : ma femme m'ennuie, mon patron me casse les couilles, mes copains sont pantouflards, mes enfants sont absents... C'est généralement à ce moment-là que vous arrivent toutes les pires saloperies : maladies, accidents, maladresses, pièges, déprime... L'infernal engrenage. La spirale négative où comme par hasard vous ne rencontrez que des *losers*. Que des gens qui vous tirent vers le bas, jusqu'à ce que – ô miracle – vous arriviez à inverser la tendance.

Souvent, c'est grâce à un ange qui passe par là, juste à un moment donné. Encore faut-il le voir. Et ne pas se tromper.

12

MES QUARANTE ANS AU DOOBIES

L'onde de choc de mon échec avec Marie s'est propagée longtemps en moi en vibrations négatives. Si je suis un hypersensible, je suis généralement un battant, mais à cette période-là (entre 1998 et 1999), j'étais tellement malheureux que, c'est vrai, j'ai fini par me demander : « Mais, à quoi bon ? » A quoi bon vivre, si c'est pour souffrir ? A quoi bon aimer ?

J'ai compris que je vivais une profonde dépression, et, de là, les pensées les plus morbides ont traversé mon esprit... Suicide ? Le mot me trottait dans la tête. Mais, qu'on se rassure, ma rupture avec Marie n'était pas l'unique objet de mes tourments. En proie à une fatigue extrême, je ployais sous une accumulation de soucis, tandis qu'un désespoir tenace semblait vouloir s'emparer de moi durablement.

Je n'ai pas envisagé le suicide de façon vraiment concrète. Je n'ai jamais songé, dans le détail, aux moyens d'en finir, mais à certains moments en effet, je n'entrevoyais pas d'autre issue. Je ne croyais plus en rien, je n'avais plus confiance en personne, ni surtout en moi-même.

Penser au suicide ne veut pas dire qu'on est faible, mais malgré tout, quand je poussais l'idée plus avant, j'avais l'impression de me comporter de façon lâche. Alors que, pour d'autres personnes, le suicide est considéré comme un acte de courage. Je ne veux surtout pas imposer mon point de vue sur ce sujet. Chacun a le sien, mais pour ma part, je m'en voulais de ne pas vouloir me battre. Je trouvais que ce n'était pas bien, en tout cas, que cela ne me ressemblait pas. En parler, c'était un peu une façon de me consoler, de reconnaître que j'étais au bout du rouleau. Mais l'envisager vraiment, c'était renoncer, c'était comme « balancer ».

Pourtant, j'étais vraiment mal. Heureusement qu'il y avait mes enfants dans ma vie. Sans eux, je ne sais pas à quoi je me serais raccroché.

C'est drôle parce que autant avec les femmes j'ai des faiblesses qui me coûtent cher, autant avec mes enfants, je suis super-rigoureux. Même dans les pires moments de ma vie, et même quand je n'allais pas bien du tout, je suis toujours resté très strict en matière d'éducation. J'ai l'air d'un déconneur comme ça, mais je suis très à cheval sur les principes, les bonnes manières, le respect absolu et sans condition des valeurs fondamentales.

Je suis un papa très sévère, parce que je suis intimement convaincu que donner à ses enfants une bonne éducation, c'est difficile, mais c'est aussi la plus belle preuve d'amour qu'on puisse leur manifester. Quand je vois des parents laisser leurs enfants faire n'importe quoi au nom d'une certaine liberté, pour moi, c'est aller à contre-courant de l'intérêt des enfants. C'est peut-être sympa à court terme, mais dangereux à long terme. Je ne crois pas du tout au « papa-copain », ni au fait de traiter d'égal à égal entre adultes et enfants. Beaucoup de pères, et surtout les pères divorcés, tombent dans le panneau. Et je reconnais que c'est tentant de laisser l'autorité aux mamans et de s'octroyer la part récréative de l'éducation d'un enfant. On se dit qu'on les voit tellement peu, pourquoi les contrarier ? Pourquoi ne pas profiter plutôt de ces moments privilégiés pour leur laisser faire tout ce dont ils ont envie, et se fabriquer de bons souvenirs à bon compte ? Parce que ce n'est pas leur rendre service. Parce qu'un enfant qui ne respecte pas ses parents n'a pas les bases pour devenir un adulte bien dans sa tête. Veiller à ce qu'ils se tiennent parfaitement à table ou en société me paraît beaucoup plus important que leur payer une glace ou les emmener chez Mickey. Il faut les deux, mais pas l'un sans l'autre.

Je ne vois pas assez mes enfants à mon goût, mais je leur ai tout de même inculqué les règles dès leur plus jeune âge, bien aidé par leurs mamans, c'est vrai.

Je n'ai pas besoin de parler beaucoup pour me faire obéir. Parfois un regard, un petit « Oh ! » autoritaire suffit. Ils pigent tout de suite ce qui ne va pas. Et croyez-moi, à aucun moment je n'ai eu le sentiment qu'ils me prenaient pour un vieux rabat-joie ! Bien au contraire. Ils sont ravis du temps que l'on passe ensemble. Ils savent que s'ils sont bien disposés à mon égard, je leur donnerai tout ce qui me sera possible de donner en retour. Le temps trop rare que nous partageons est toujours source de beaucoup de bonheur, même si ce bonheur est toujours cadré.

Ce qui est surprenant en revanche, c'est que dès que je me retrouve livré à moi-même, je redeviens un grand gamin. Je ne raisonne plus avec mon cerveau, mais uniquement avec mon cœur. Et quand je me laisse un petit peu aller, je ne peux pas imaginer une seconde que la personne en face de moi puisse ne pas être aussi pure et sincère que je le suis moi-même.

Le gros boulot que je fais depuis quelque temps consiste justement à me créer des barrières de protection – ou bien appelons cela des détecteurs d'emmerdements – afin d'éviter de retomber toujours dans des situations impossibles. Je dis que je veux devenir plus mûr, plus ceci, plus cela, plus responsable... Et je m'y emploie, mais au fond de moi, tout au fond de moi, l'idée de devoir m'armer, me protéger, calculer, tenter d'évaluer le monde qui m'entoure, m'insupporte. En fait, je me force à me montrer méfiant.

Je ne suis pas sûr de ne pas préférer le « vrai » Henri Leconte, avec ses défauts, sa naïveté, mais aussi sa spontanéité, sa vraie nature. Je n'ai pas du tout envie de devenir comme M. Ion Tiriac, assis sur une montagne de pognon, mais dur comme un roc. L'idée d'avoir des milliards mais d'être seul au monde est à mes yeux le pire des supplices. Je suis persuadé que je pourrais vivre d'amour et d'eau fraîche. Je voudrais ne vivre que d'amour et d'eau fraîche !

Partager des sentiments, mais avec prudence, en pesant le pour et le contre, me semble complètement paradoxal. On a assimilé mon « angélisme » à de la connerie. On s'est moqué de moi : « Pauvre Henri », et d'une certaine manière c'était naturel. Mais c'est étrange de penser que personne n'ait dit : « C'est beau, un mec qui croit en l'amour fou ! »

Bon, allez, j'admets que je m'enflamme peut-être un peu trop, et trop vite. Je suis un peu trop fleur bleue. Que voulez-vous, j'ai le fantasme du Prince charmant chevillé au corps ! On ne se refait pas ! J'essaierai simplement d'être un petit peu plus vigilant à l'avenir. Incorrigible rêveur, je me la joue d'entrée vieille France, galanterie, chevaleresque attitude, genou en terre, main sur le cœur, une rose tendue vers l'élue : « Ma chérie, comment te sens-tu ? Tu n'as pas froid ? Tu n'as pas chaud ? » Au risque de me retrouver quelques mois plus tard pieds et poings liés, ligoté comme un saucisson, ou bien K.-O., dans les cordes ! Mais me corriger, ce serait comme me demander de rouler à 70 km/h avec une Ferrari sur l'autoroute, ou bien me demander de garder la balle dans le court ! Je tiens cinq minutes, mais le naturel revient au galop...

Après Marie, je suis donc revenu en Suisse. Seul. J'ai fait des rencontres, mais pas les bonnes. J'ai essayé de monter des projets, des opérations, des événements, mais rien ne marchait comme je l'espérais. Normal, je ne dégageais rien de positif. Je suis entré dans une spirale négative qui n'en finissait pas de se dérouler dans le mauvais sens. Et puis un matin, je me suis trouvé moche. J'avais dû me coucher trop tard, sans doute un peu trop picoler, je n'ai pas aimé cet abruti que j'ai vu dans la glace. En plus, j'avais mal partout, comme si j'avais été roué de coups. C'était un peu comme si mon corps disait : « Hé, ho, Henri, t'arrêtes tes conneries ou tu vas droit dans le mur ! » Je me sentais gros, lourd, sans allure. J'étais irritable, toujours excédé, inattentif. J'ai dit à cet individu que je voyais dans la glace : « Toi, je ne te supporte plus ! »

J'avoue être plutôt orgueilleux, et je n'ai pas pu supporter l'idée qu'on puisse me montrer du doigt. Je fréquentais alors une jeune femme avec laquelle, en fait, cela ne collait pas du tout. Mais je pense que je restais avec elle parce que je redoutais de me retrouver tout seul. En tout cas, je n'étais pas vraiment amoureux. Elle voulait se marier, avoir des enfants, alors que moi, j'étais en miettes.

J'ai décidé de la quitter et m'en suis senti soulagé, mais me refaire une santé m'a pris un certain temps... Et puis, j'ai rencontré Florentine...

Généralement, les hommes redoutent d'avoir quarante ans. Certains le vivent tellement mal qu'on parle couramment de « crise de la quarantaine ». Moi, j'ai éprouvé un sentiment inverse, comme une espèce de plénitude.

Dès lors que j'aborde le quotidien dans le but de progresser intellectuellement chaque jour, le fait de vieillir ne me fait pas peur. Car tout cela s'équilibre. Après une interminable adolescence, ma vie, enfin, se met en place. Et commence à ressembler à ce que j'ai toujours souhaité. Je suis en train de passer un vrai cap d'espérance, après avoir dressé un bilan honnête et sans faux-fuyants de cette première partie d'une vie chaotique, mais tellement riche en émotions. Certains hommes préfèrent ne pas célébrer leur anniversaire cette année-là ! Mais, moi, mes quarante ans, je les ai fêtés quatre fois ! Dizaine après dizaine ! A Paris, à Londres, à Monaco, à Genève.

Celui de Paris fut le plus surprenant. Le plus touchant aussi...

Flo, ma « petite » chérie, m'avait préparé une jolie surprise. Je savais juste qu'elle organisait quelque chose, mais je ne savais pas quoi exactement. Or, lors du tournoi de Monte-Carlo 2003, sachant que j'entretiens des relations amicales avec le prince Albert de Monaco depuis des années, elle en avait profité pour lui demander s'il accepterait de se joindre à la fête. La date qu'elle avait d'abord arrêtée tombait juste pendant le Grand Prix de F1, mais finalement, elle a modifié ses plans afin que le prince puisse se rendre disponible. Florentine a poursuivi secrètement ses invitations et elle a retenu le Doobies, un restaurant très sympa situé tout près des Champs-Elysées pour une soirée privée réunissant quelque deux cents personnes.

Arrive le grand soir. C'était pendant Roland-Garros. Je me gare devant le restaurant. Je m'attendais juste à une petite soirée sympa, en petit comité. Mais quand j'ouvre la porte, je découvre tous ces visages réjouis de la circonstance. Là, j'ai un choc en reconnaissant les amis les uns après les autres. J'ignorais alors que je n'étais pas encore au bout de mes surprises !

Arrivé un peu plus tôt, le prince s'était caché derrière le bar au moment où j'avais ouvert la porte d'entrée. Je suis à cent lieux d'imaginer la situation, encore tout à mon émotion, quand soudainement, je vois Son Altesse surgir de derrière le bar en criant : « Coucou ! » avant de chanter en chœur avec les autres : « Joyeux anniversaire, Henri ! »

Je ne peux pas décrire ce que j'ai ressenti à cet instant. Il n'y a pas de mots pour ça. Je me souviens juste que j'ai failli fondre en larmes, mais que fort heureusement je me suis retenu. Ce soir-là, l'enfant que je suis resté a cru voir le vrai Père Noël. J'aurais pu m'endormir sur ce souvenir joyeux, mais cela aurait été dommage... En fin de soirée, alors que je n'y croyais plus, un grand type en tongs est entré dans la salle, et sans rien dire m'a serré dans ses bras, longtemps. C'était Yann. J'étais sur un petit nuage. Tous les gens que j'aimais m'avaient fait l'honneur de leur présence.

13

DES HOMMES D'EXCEPTION

On peut dire que le tennis ouvre toutes les portes, à condition de ne pas avoir envie, ni besoin, de les faire ouvrir. En tout cas, moi, je mets un point d'honneur à ne jamais demander la moindre faveur à des personnalités haut placées. Cette règle d'or, c'est la garantie d'une amitié sincère et durable avec des personnes exceptionnelles.

Le président de la République, Jacques Chirac, est le parrain de mes enfants, et je trouve ça plutôt sympa, d'autant qu'il semble y tenir énormément. Car, en fait, les cérémonies religieuses n'ont jamais eu lieu, faute de temps. Mais lorsque je dis à M. Chirac : « Jacques, si vous voulez, on laisse tomber. Je demande à d'autres amis de prendre le rôle de parrain. » Il me répond : « Non, non, Henri, j'y tiens ! C'est moi le parrain. Pas question de laisser ma place ! » Alors on fait comme si... et voilà, c'est rigolo.

C'est Brigitte et Guy Drut qui m'ont présenté Jacques Chirac du temps où il était maire de Paris. Depuis je ne suis pas devenu à proprement parler « chiraquien », mais plutôt : « jacquien ». Nous nous sommes tout de suite bien entendus, et par la suite, même après ma séparation avec Brigitte, nous avons conservé des liens privilégiés. C'est une relation toute simple, d'un homme à un autre, qui ont de temps en temps envie de se confier des petits riens. Il m'arrive de passer le voir, un dimanche soir, à l'Elysée. J'ai mon parcours personnel pour lui rendre une brève visite informelle. Il me reçoit toujours gentiment. On discute des enfants, des amis, du tennis, et très vite j'oublie que je suis avec le président de la République. Je reconnais que, à chaque fois, durant les tout premiers instants je suis particulièrement intimidé, car c'est vraiment un grand monsieur, mais par la suite – je ne sais pas – il s'arrange pour effacer la gêne, et faire en sorte que j'aie rapidement l'impression d'être avec... un pote. Mais tout en rigolant, je garde un respect conditionné.

Je n'agissais pas différemment avec Jean-Luc Lagardère, grand amateur de tennis, qui m'avait pris sous son aile, aussi. J'ai été profondément affecté par sa disparition, et encore plus maintenant, car je réalise souvent combien il nous manque. Il était presque comme un deuxième père pour moi. Je me souviens d'un jour où j'étais passé le voir à son bureau, à l'improviste. Son assistante m'avait fait patienter, à côté d'un ministre dont je tairai le nom. Quand Jean-Luc m'a aperçu, il m'a fait signe de venir le rejoindre dans son bureau, et s'adressant au ministre, il s'excusa auprès de lui d'un sourire : « Un instant, cher ami, je dois voir M. Leconte en priorité ! » Et on est resté vingt minutes à discuter tennis, avant que je ne prenne tout de même congé et qu'il retourne à des choses plus urgentes !

Il en va de même avec le prince Albert de Monaco. Nous nous connaissons aussi depuis longtemps. J'entretiens avec lui des rapports privilégiés d'une manière tout à fait naturelle. On rigole pas mal ensemble, mais devant les gens, c'est toujours « Monseigneur ». Je suis extrêmement soucieux du protocole, et c'est pour cela que notre amitié perdure. Nous nous sommes trouvé des affinités à travers le sport de haut niveau, ou à l'occasion de différents projets caritatifs que nous menions l'un comme l'autre. En discutant, incidemment, nous nous sommes aperçus que nous pouvions nous aider mutuellement, et c'est ce que nous avons fait. Ce n'est que par la suite qu'une réelle amitié s'est instaurée. Nous sommes devenus très proches parce que nous adorons les mêmes choses : le tennis, les courses automobiles, la musique, la fête, le faste, et les femmes raffinées.

Souvent, les gens se demandent, en évoquant avec curiositié l'affection que des personnes célèbres peuvent manifester à mon égard : « Mais qu'est-ce qu'ils lui trouvent ? Il les fait rigoler ou quoi ? » Ce n'est sûrement pas faux, car j'aime m'amuser, mais il n'y a pas que ça. Je crois surtout que je les comprends. Et parfois même, il m'arrive de compatir à leur sort. Car contrairement à l'idée reçue, être président, être prince, ou P-DG d'une multinationale, cela ne doit pas être drôle tous les jours. C'est un stress énorme. C'est beaucoup de responsabilités. C'est être sous tension sans relâche, et plus soumis au regard critique qu'aux remerciements. C'est être constamment au service et à l'écoute des autres. Mais c'est très peu être soi-même, pour soi-même.

Il faudrait leur demander pourquoi ces gens-là m'ont pris en sympathie, mais moi je crois avoir une idée de la réponse. Ils m'aiment bien parce que j'ai cette capacité à différencier l'homme « normal » de l'homme « public », et une tendance à préférer l'homme normal qui vit sous la carapace de l'homme public. Je leur apporte peut-être ce qui m'a le plus manqué, du temps où j'étais sous les feux de la rampe...

14

REVERS DE FORTUNE

Lorsqu'il livre un peu de sa personnalité, le sportif de haut niveau est soumis au même régime que l'homme politique, le chanteur ou l'acteur. Mais contrairement aux autres, l'athlète aperçoit la gare d'arrivée beaucoup plus tôt que les autres. Il a trente ans, ou à peine plus, quand il sent le petit train décélérer lentement, lui indiquant la sortie inéluctable.

Un jour je n'ai plus été joueur. Et ce jour-là, j'ai perdu des « amis ». Des gens qui, d'un seul coup, ont dû cesser de me trouver drôle ou sympa, je ne sais pas... En tout cas, ils ont disparu. Mais je n'ai pas été si surpris que ça.

La vie d'un joueur de tennis est suffisamment chaotique pour lui laisser entrevoir de quoi sera fait son avenir. Au départ, vous avez plein de gens autour de vous, mais au fil des blessures ou des ennuis qui bouleversent votre vie, vous enregistrez les « w.o » un à un. Ça vous fait un petit entraînement pour « assurer », le jour des grands adieux. Ces trahisons sont décevantes, mais, à la fois, c'est presque jouissif de détenir un moyen infaillible de faire la différence entre les vrais et les faux amis. L'indicateur de tendance s'appelle un... téléphone.

Plus vous avez d'ennuis et moins il sonne. Et plus il devient délicat de joindre les gens. Quand on est seul et dans la merde, le téléphone est le pire des supplices.

Je n'ai pas envie de déballer tous les noms, parfois célèbres, de ceux qui m'ont salement laissé tomber, parce que ce serait leur donner trop d'importance. Je veux juste évoquer le phénomène « en général » parce que les gens que la célébrité fait rêver ne se doutent peut-être pas de la cruauté des milieux où elle s'exerce. A posteriori, ce qui me fait le plus souffrir, c'est me dire que j'ai donné sincèrement beaucoup à des gens qui se foutaient royalement de ma gueule.

Il faut du temps pour juger si l'échange s'opère équitablement dans les deux sens. Comme je l'ai dit, je ne me laissais pas souvent le temps d'y réfléchir. Je fonçais. Je suis tellement heureux quand il se produit un déclic avec une personne, lorsqu'on passe un bon moment, qu'on se trouve des affinités, que j'ai tendance à idéaliser la rencontre. En amour, comme en amitié, je suis un impulsif à l'état brut. Animé d'un tel optimisme et tellement avide de partage, je n'hésite pas à faire le premier pas, à inciter l'autre à partager avec moi. Mais quand je fais le bilan, quand je me revois, par exemple, signer les additions de grandes tablées dans les restaurants les plus réputés, je me rends compte que j'ai donné bien plus que je n'ai reçu.

Au fond, je n'ai à m'en prendre qu'à moi-même. Peut-on reprocher à quelqu'un de saisir le billet qu'on lui tend ? Je n'avais qu'à me montrer plus prudent, plus sélectif surtout, moins naïf.

Heureusement, à force de me faire taper sur les doigts, je commence à comprendre la leçon...

Quand vous représentez quelque chose dans la vie publique, que vous avez en quelque sorte « décroché » un rôle dans le grand show de l'actualité, automatiquement une foule de suiveurs se forme et vous approche, guidée par une seule envie : partager votre notoriété, fuir leur propre routine, et puis, surtout, se faire mousser. Le fait de partager quelque chose avec une « vedette » est assez flatteur. C'est tout à fait dérisoire, mais pourtant elle est là, la vraie motivation. Une personne qui fréquente quelqu'un de connu se sent valorisée. Elle finit par se sentir aussi « *very important* » que si elle était devenue elle-même une célébrité. Ce n'est pas tant le confort, ou la gratuité des soirées VIP (Very Important Persons) qui attirent ces gens-là (ils seraient prêts à payer pour être là), mais ce qu'ils désirent – on y revient toujours – c'est la reconnaissance. Le sentiment d'être admiré. Se sentir différent des autres. Mieux que les autres. C'est le moteur de plein de gens, en tout cas le moteur des personnes qui ont réussi à se distinguer.

Encore une fois, je n'ai pas envie de faire le procès des faux amis, des parasites et autres escrocs à l'amitié, parce que d'une certaine façon, ils m'ont rendu service. Ce sont des gens qui vous sont utiles, et même indispensables à certains moments de votre vie : quand vous n'avez plus confiance en vous, quand vous sentez que vous dérapez un petit peu, quand vous n'avez pas envie d'entendre ce que vos vrais amis ont à vous dire. Ces gens-là vous rassurent. Vous avez votre « cour ». Et donc, c'est que vous êtes le roi ! On vous admire, et c'est très agréable, croyez-moi, même si l'on feint de l'ignorer ! Vous ne pouvez pas savoir, quand vous ne croyez plus à grand-chose, que vous êtes un peu paumé, que vous avez des doutes sur votre valeur, combien cela peut être bon de se laisser caresser dans le sens du poil. On vit dans un monde irréel ! C'est la caverne d'Ali Baba, avec tous les trésors à portée de main, sauf que, parmi les quarante voleurs, il n'y a pas que des gens très fréquentables !

J'ai déjà participé à une émission de TF1 sur le thème de la descente aux enfers – « Revers de fortunes » – ou comment on peut se faire avoir par des « amis ». Je résume pour ceux qui ne l'auraient pas vue : j'ai eu le tort de faire trop confiance, en particulier à un homme (il se reconnaîtra) qui devait s'occuper de mes intérêts à Genève. Cet homme, un ami de vingt ans, était l'une des personnes de mon entourage que j'appréciais le plus. Je le considérais presque comme un frère.

C'était début 1996. J'arrêtais ma carrière. Ma dernière victoire fut acquise à Bercy, contre Aaron Krickstein, et je savais qu'en juin 1996, je ferais mes adieux à Roland-Garros.

Un sale jour, j'ai reçu un coup de fil d'un avocat. Il a été clair : « Henri, tu n'as plus rien ! »

Non seulement l'ami arnaqueur était parti avec des millions, mais, pire à mes yeux, j'apprenais qu'il m'escroquait tranquillement, façon petite fourmi, depuis des années.

Ma première réaction fut violente. On a envie de tuer dans ces cas-là. Envie de se présenter en face du salaud en question et de le flinguer froidement comme dans *Al Capone*. Mais cela ne dure pas. Après, on revient à la réalité.

J'ai eu les boules, évidemment. C'est vachement dur à accepter, mais on ne peut pas faire autrement. Alors on s'y résout. Je me suis dit que ce n'était que de l'argent, qu'il n'y avait pas mort d'homme. Ce qui m'irrite, c'est que le coupable soit allé en prison quelque temps, que, aujourd'hui, il est en France, avec pignon sur rue, prêt à arnaquer n'importe qui d'autre. Je ne l'ai jamais revu depuis, mais peut-être qu'un jour j'irai lui rendre visite… Pour toutes les fois où lui m'a rendu visite dans mes nuits blanches !

Peu de temps après avoir découvert la supercherie, quand je me couchais, je ne me disais pas : « Vraiment, tu es le roi des cons. » Non, je ne pensais qu'à la trahison d'un ami : « Comment a-t-il pu me faire ça ? »

L'argent, à la limite, ça venait en second. Parce que les sous, quand vous avez un certain potentiel, que vous en avez déjà gagné beaucoup, et que vous arrivez à croire un petit peu en vous, vous savez que vous en retrouverez. Il suffit de travailler ! Tandis qu'une amitié qui se transforme en arnaque c'est l'assurance de ne plus pouvoir faire confiance en qui que ce soit, sans craindre le pire.

Une nouvelle pareille, quand vous l'apprenez, c'est comme si vous preniez un uppercut de Mohamed Ali ! Le genre de choc dont on se demande si on s'en relèvera. Là, je me confie sur un ton badin, mais, je l'avoue, j'ai chaque jour une pensée concernant cette affaire, et c'est chaque fois un tour de couteau dans la plaie. Parfois, je me dis : « Ah, ce que je serais bien, peinard, si j'avais encore cet argent ! » Je ne tiens pas à dévoiler la somme exacte, mais pour vous donner une idée, c'était ce qu'il est convenu d'appeler un pactole. De quoi vivre tranquille jusqu'à la fin de mes jours.

Heureusement, dans mon malheur, j'ai eu une main tendue, celle de Patrick Proisy, alors patron de IMG France, et beau-frère de Yannick Noah, qui m'a soutenu et remis le pied à l'étrier.

Aujourd'hui, je me suis fait une raison, même si j'ai un train de vie bien inférieur à celui que j'avais à cette époque-là.

Car, pour comble de malheur, j'étais à l'époque en pleine histoire d'amour avec Marie Sara à qui j'avais acheté le mas de « nos » rêves, en Camargue. Ce retour en France allait avoir des conséquences plutôt lourdes sur le plan fiscal, puisque je me privais moi-même de l'avantage de résider en Suisse.

En 1997, j'ai été obligé de vendre le mas, non pas pour récupérer le capital investi, mais parce que je n'avais plus de quoi le faire tourner. J'étais aussi démuni qu'un gars qui achète une Ferrari mais n'a pas les moyens de ni payer l'essence, ni l'assurance, ni le garage.

Un mas, du personnel, une trentaine de chevaux... On peut imaginer combien ça coûte : une fortune ! Rien qu'en nourriture pour les chevaux, c'était astronomique. Le moindre petit pépin avec un cheval, une mauvaise digestion, une dent douloureuse, entraînait une réaction en chaîne insoupçonnable. Le vétérinaire accourait pour soigner le cheval malade, mais c'est dix chevaux qu'il auscultait avant de partir ! La petite visite à cent euros aboutissait à des factures dix fois plus élevées. Un gouffre. Le problème, c'est qu'une fois qu'on est dedans, on n'a pas envie de s'arrêter aux premiers obstacles. C'est le principe du chat qui se mord la queue, vous tenez, vous tenez... Jusqu'au jour où vous êtes bien obligé de vous avouer votre échec et de vous dire que, compte tenu des circonstances, la meilleure façon de vous rattraper c'est déjà d'avoir le courage et la lucidité de dire : « Stop ! »

Après, il a fallu accepter de redescendre, ce que j'ai fait sans aigreur, et je dirais même avec un certain soulagement. Me retrouver dans un petit appart ne me dérange pas, du moment qu'il y fait bon vivre. C'est dans ma nature de me contenter de peu. J'ai des copains qui ont toujours le même train de vie. Je ne les envie pas forcément tous, car il y a d'autres choses plus importantes dans la vie que de posséder une belle voiture, ou une belle montre. Ce ne sont que des jouets pour grands gosses.

Quand vous avez tout perdu et que vous n'êtes pas connu, c'est bien pire. Je n'ai jamais eu peur d'être à la rue. Quand on est célèbre, on peut espérer continuer un certain temps à bénéficier de privilèges qui vous rendent la vie plus agréable. C'est une chance dont je suis parfaitement conscient.

J'assume totalement ce qui m'est arrivé à cette période de ma vie. Elle m'a permis de découvrir une chose très importante, c'est que la vraie richesse n'est pas celle du porte-monnaie, mais celle qu'on a dans le cœur. Le porte-monnaie, ce n'est rien. Tout le monde peut en avoir un.

Il y a des gens qui sont riches et à qui il manquera à jamais ce dont ils ont toujours rêvé : l'amour et l'habit de lumière. J'ai eu la chance d'avoir les deux. L'habit de lumière n'a pas de prix. Car c'est un habit magique. On ne peut pas l'acheter. Quand j'étais jeune, j'étais dingue de voitures, et de tous ces accessoires qui font le charme de la jet-set. Franchement, en mûrissant, j'ai changé à cet égard.

J'ai l'air de parler de tout cela avec un certain recul, une certaine philosophie. Elle n'est pas feinte. Pourtant, il y a des jours où je ne suis pas très bien dans ma tête à cause de ces histoires-là. Et même encore aujourd'hui, à l'heure d'écrire ces lignes, alors que près de six ans ont passé. Mais c'est normal, je crois. C'est humain, on ne peut pas s'empêcher de ressasser ses propres erreurs, surtout quand elles modifient considérablement le cours de votre vie.

Je suis quelqu'un d'hyperpositif, d'énergique, peu matérialiste, avec cette faculté à rebondir dont j'ai déjà parlé. Quelqu'un de pudique aussi, mais je ne peux pas cacher que je suis profondément meurtri, même si je n'ai jamais éprouvé un sentiment de honte. Il n'y a pas de honte à se forger sa propre expérience, serait-elle particulièrement pénible et coûteuse.

Aujourd'hui, je sais que les gens qui m'entourent sont de vrais amis. Ils m'épaulent et m'encouragent. Les relations que j'entretiens avec eux sont plus profondes. Un tri naturel s'est opéré.

Je mets un point d'honneur à ne pas montrer mon désarroi, même quand, en mon for intérieur, ça cogite grave sur les questions d'avenir. Je m'efforce de me remettre chaque jour en question et, finalement, de recréer, dans le quotidien qui est le mien aujourd'hui, les repères que j'avais en tant que joueur. Parce qu'il n'y a que comme ça que je peux reprendre confiance en moi.

Je m'efforce de me réapproprier les grandes vérités du sport, à savoir que le succès ne vient pas sans rigueur, passion et travail. Qu'une série de défaites n'arrive jamais par hasard, et qu'on peut apprendre beaucoup plus d'une défaite que d'une victoire, à partir du moment où l'on sait en analyser la substance.

Et puis, il y a des avantages à ne plus être riche. Vous savez au moins que les personnes qui vous côtoient encore avec plaisir et fidélité ne sont pas intéressées par votre compte en banque, mais uniquement par votre bonne mine. C'est très rassurant.

15

RETOUR VERS MON FUTUR

Ainsi le siècle s'achevait, j'avais trente-six ans, et j'étais au trente-sixième dessous quand je faisais le bilan de ma vie. Un deuxième divorce, une banqueroute, deux enfants si loin de moi, un retour penaud dans un petit appart en Suisse, tout seul, loin des corbeaux de Camargue, des amis fantômes, une reconversion professionnelle difficile, je vous ai déjà dressé le tableau, noir... Mais il m'arrivait toutefois de percevoir une petite lueur d'espoir sous la forme d'une impression de « déjà vu ». Un sentiment rassurant qui me disait que, si rien ne pouvait aller plus mal, c'est que forcément quelque chose de bien m'attendait. Qu'il me suffisait d'avoir le courage d'être moi-même, de trouver une voie qui me corresponde : le bonheur repasserait par là. Pas besoin d'avoir lu des tonnes de livres pour être philosophe, je me disais qu'après la pluie viendrait le beau temps.

Je repensais à la Coupe Davis, et cela me redonnait des raisons de croire au destin et en mon pouvoir de changer le cours des choses, à condition d'être rigoureux, persévérant et bien entouré.

La finale de la Coupe Davis 1991, à Lyon, contre les Américains Sampras et Agassi en simple, et Flach-Seguso, la meilleure équipe de double du monde à l'époque, est de loin la plus belle histoire qui me soit arrivée. Elle est aussi l'une des plus belles qui soient arrivées à un sportif. C'est une histoire de revenant. Une histoire d'hommes. Je vous la livre telle qu'elle occupe ma mémoire aujourd'hui...

Début 1991, je suis opéré pour la troisième fois d'une hernie discale par le Pr Borner, grâce à une technique révolutionnaire, sous-cutanée. L'intervention se passe plutôt bien sur le plan médical, mais épuisé après tous les efforts fournis à plusieurs reprises pour revenir au plus haut niveau, je me sens à nouveau comme au pied d'une montagne, sauf que, cette fois, elle me paraît infranchissable. Je me sens usé, fatigué, au bout du rouleau physiquement. Incapable de retrouver l'énergie qui me caractérise quand tout va bien.

Joueur de tennis, c'est un métier de fou. Votre seul capital, c'est votre corps, et quand ça pète, çà ou là, vous avez le sentiment de ne plus rien avoir à vous. Sauf le mental. Il est toujours en éveil, mais c'est très dur de le faire fonctionner quand le corps ne répond pas. Il faut une foi, une force de caractère, et même une forme d'inconscience pour vous redresser. Il existe bien un processus, mais le mettre en place est quelque chose d'incroyablement délicat. J'y suis arrivé parfois, mais pas tout le temps. Et c'est sans doute pour cela que je ne suis pas devenu numéro 1 mondial. Je n'avais pas la caisse pour cela. Peut-être que si j'avais pris des trucs... Mais je n'ai jamais rien pris et je m'en félicite. Je ne pourrais pas me regarder en face aujourd'hui.

C'est vrai que je regrette tous mes pépins physiques, que ma carrière me laisse un goût d'inachevé, mais en même temps, ces pépins m'ont beaucoup éclairé sur la nature humaine, et sur moi-même. Quand vous êtes un joueur de tennis professionnel gisant sur un lit d'hôpital, ou claudiquant sur des béquilles, il faut bien aller puiser quelque part pour survivre. Je me console en me disant que si j'avais été numéro 1, je n'aurais pas été Henri Leconte, joueur atypique, inclassable. J'aurais peut-être un joli palmarès, mais des souvenirs plus ordinaires. Je ne me serais peut-être pas distingué comme je l'ai fait. Cette multitude de hauts et de bas, de bas et de hauts, façon montagnes russes, ces plantades atroces et ces succès magnifiques (je pense sincèrement que notre victoire en Coupe Davis a mis le sport français sur orbite), n'est-elle pas, au final, plus émouvante qu'une ligne sur un palmarès ?

La Coupe Davis est la seule grande épreuve au palmarès de laquelle je figure, mais cette ligne, c'est le fil rouge de toute ma carrière et de toute ma vie.

Au fond, je suis plus fier de ma différence que de mes titres et mes records.

J'avoue qu'un trophée (ou deux) en Grand Chelem ne ferait pas mal sur mes étagères, mais, à l'inverse, je n'ose même pas imaginer ce que je serais devenu si je n'avais pas réussi à attraper le wagon de cette finale de Coupe Davis, après tous les efforts que j'avais déployés pour y participer.

Mais passons sur les si...

En sortant de la clinique, le dos en vrac, je coule, je coule, je coule. Je me mets à grossir. Je ne reprends pas confiance en moi. Je ne sais pas comment faire. Je suis détruit. En panne de carburant.

La demi-finale se déroule à Pau, au mois de septembre, face à la Yougoslavie. Je pressens que la France peut aller au bout et que je ne ferai pas partie du voyage. C'est Guy (Forget) qui joue, avec Arnaud (Boetsch). Mais les gars sont sympas, et ils me proposent de faire le cinquième homme, en qualité de simple partenaire d'entraînement. J'arrive à Pau pour taper la balle avec eux, mais je m'aperçois très vite que je ne peux pas mettre un pied devant l'autre. Je suis à la rue complet. J'ai mal partout, je suis une vraie loque, physiquement et mentalement.

Je me souviendrai toujours du moment et de l'endroit – devant la piscine de l'hôtel où l'équipe était descendue – où Patrice Hagelauer (entraîneur) et Yannick Noah (capitaine) m'ont pris à part. Je pensais qu'ils allaient me faire des reproches, ou m'annoncer officiellement qu'il ne faudrait plus compter sur la Coupe Davis pour relancer ma carrière, quelque chose comme l'annonce d'un abandon que je redoutais atrocement, mais, contre toute attente, Yannick me regarde droit dans les yeux et me dit : « Henri, on a besoin de toi pour la finale. Sans toi, on ne peut pas gagner. Il faut absolument que tu te ressaisisses. Que tu reviennes à ton meilleur niveau. Les problèmes de dos, tu les connais. Tu es déjà revenu deux fois, pourquoi pas trois ? Alors voilà, je veux que tu sois prêt pour le double. » Grand silence, immersion totale dans l'émotion, la surprise, et là, je me mets à chialer, toutes les larmes de mon corps, comme un gosse. C'est trop, c'est trop...

Yann et Hagel reprennent la conversation : « Tu vas aller direct dans un centre de rééducation. Ne t'inquiète pas, on t'attend, on est avec toi, on croit en toi, etc. »

Je n'ai pas osé le leur demander, mais à mon avis, ils n'ont jamais pensé que je serais prêt. Peut-être ont-ils utilisé cet argument comme une carotte, pour m'aider à me relancer, mais sûrement plus par amitié que par calcul. Quoique, au fond, je me demande si Yannick ne s'est pas dit : « Henri, il est tellement fou qu'il est capable de le faire ! »

C'est à ce moment-là qu'un homme providentiel, Patrick Chamagne, ami d'Hagelauer et préparateur physique, m'a pris totalement en charge pendant presque deux mois, sans me lâcher une seconde. Il m'a accompagné à Douarnenez en Bretagne, dans un centre de rééducation dirigé par le Dr Solo, entouré d'une équipe extraordinaire. Mais vraiment, extraordinaire. Des gens sans lesquels je ne me serais jamais relevé aussi vite. J'ai passé six semaines avec eux. Ils m'ont réappris à marcher, à courir, à retrouver les sensations dans mon corps. Ils m'ont ressuscité !

Sentimentalement, je suis seul au monde, mais tellement bien entouré que le moral revient au galop. Un jour où je monte à l'étage où vivent les tétraplégiques, j'aperçois un gamin qui me salue avec un enthousiasme débordant. Il m'a reconnu, et, visiblement, il m'apprécie. Il est cloué dans son lit, mais son visage est tellement joyeux, il semble tellement content de me voir, que j'en éprouve une vive émotion. L'enfant et moi avons discuté un peu, et en le quittant je me suis dit : « Henri, tu n'as plus le droit de te plaindre d'avoir mal au dos ! »

Pour me stimuler, Yannick me propose de disputer le double à Bercy avec lui. Son dernier Bercy, à moins d'un mois de la finale. Bercy qui reste toujours quelque part dans un petit coin de ma mémoire le Palais de la déconfiture, après l'histoire McEnroe. L'occasion de vibrer un peu là-bas est trop belle. Ça m'excite encore plus.

Je suis 175e à l'ATP. De temps à autre, je prends peur : « Mais qu'est-ce que je vais devenir ? » Mais je me replace immédiatement dans la perspective de cette finale, et tous les soucis disparaissent comme par enchantement. Quand j'évoquais plus haut le processus qui vous met en position de gagnant, c'est de ça dont je voulais parler. Seule compte la réalisation de votre objectif. On ne laisse filtrer que ce qui sert à réussir son projet.

Je suis polarisé sur l'événement, comme attiré par un aimant, comme si j'étais convaincu, à l'avance, que mon véritable destin m'attendait là, dans ce tournant-là, juste à la sortie du tunnel. On ne saura jamais si j'y ai cru parce que ça devait arriver, ou bien si c'est arrivé parce que j'y ai cru. Mais, en tout cas, le miracle a bien eu lieu. Un beau remake de : « Lève-toi et marche. »

Au bout de trois semaines, je réussis des tests étonnants. Au bout d'un mois, je me remets à servir presque normalement. A cinq semaines, je cours comme un lapin. Je renais. Je revis.

A Bercy, premier tour, nous perdons limite contre la grande équipe de l'époque, celle que la France affronterait en finale de Coupe : Flach-Seguso. Là, Yannick se dit : « P..., l'enc..., il est bon ! » De mon côté, j'évite toute tentation d'autosatisfaction, je suis totalement dans mon truc, plus rien ne peut m'écarter de ma route.

Je pars en Finlande disputer un challenger avec Tarik Benhabiles (l'actuel coach de Richard Gasquet, après avoir mené Andy Roddik au numéro 1). Puis retour dans l'équipe de France, stage à Neuchâtel, sous la direction de M. Jean-Claude Perrin : la totale.

Là, c'est franchement « Commando, de chez Commando ». Et tous logés à la même enseigne. Pas le droit de lire la presse, on fait de la sophrologie, du yoga. Je me retrouve dans un caisson plein d'eau avec une voix qui m'invite à me détendre : « Relâchez-vous. » Des trucs d'extraterrestres ! Bien du « ouf », à la Yannick, des trucs que je n'avais jamais faits.

Bien que je commence à constituer une menace pour les titulaires potentiels, je suis toujours considéré comme le bienvenu dans l'équipe, le sujet, le joker. Les tests me sont favorables, et tout le monde veut gagner avant tout. Peu importe avec qui. Un seul joueur semble l'avoir mauvaise, c'est Fabrice (Santoro) qui n'est pas coopératif du tout. Il n'a pas été blanc-bleu durant cette finale, car il considérait qu'il méritait sa place et il s'est arrangé pour le faire savoir. C'est pourquoi, aujourd'hui, quand je le surprends à donner des leçons de bonne conduite en équipe de France, genre « Moi, je suis propre sur moi et pas les autres ! », cela m'amuse un peu, car franchement, il n'a pas toujours été clair. Mais bon, il a dû oublier...

A l'entraînement, je joue super-bien. Les mecs ne veulent plus jouer contre moi parce que je frappe comme un dingue et que tout rentre à 200 km/h. A la limite, il faut faire attention à ce que je ne leur sape pas le moral !

Moi, je ne me préoccupe que de moi. On est tous ensemble, certes, mais je ne cherche pas la petite bête. Je ne me soucie de rien d'autre que de ma santé. Et une fois que la décision a été prise que Guy (Forget) et moi jouerions les matchs, tous les autres (ou presque) nous ont soutenus. Je pense en particulier à Arnaud Bœtsch qui était vraiment ravi pour moi. Arnaud, c'est un garçon adorable avec qui il est impossible de ne pas s'entendre.

Certes, il y eut bien quelques petits tiraillements çà et là avec d'autres membres de l'équipe, mais dans l'ensemble, l'ambiance était à la franche solidarité.

Yannick y veillait.

A l'entraînement, je joue « inconscient ». A un moment donné, je rate un coup facile. Interloqué, je me retourne vers Deblicker et je lui lance cette phrase mythique : « Y a plus rien qui alimente mon cerveau ! » Eclat de rire général ! Je suis cuit. Cuit, mais à point, incroyablement déterminé. Soudé aux autres. Il ne peut plus rien m'arriver.

Puis vient le jour fatidique de l'annonce de la sélection.

Je suis pratiquement sûr que Yannick me sélectionnera pour le double, avec Guy. Pour le simple, l'idée m'a peut-être traversé l'esprit, quand j'ai constaté que je battais tout le monde à l'entraînement, mais comme ma mission, c'était le double, je ne voulais pas me disperser.

Le lundi soir, Yannick convoque tous les joueurs dans sa chambre, les uns après les autres. Moi, il m'appelle en dernier. J'attends, un peu nerveux, impatient, dans ma chambre. Je me rends dans la sienne... Hagel est présent. Lui et Yann me prient de m'asseoir.

« Henri, est-ce que tu es prêt ?

– Attendez, bien sûr, que je suis prêt ! Si tu me demandes de traverser le mur, je le traverse. S'il faut grimper au rideau, je grimpe. Si j'en suis là, c'est grâce à vous. Sans vous, je serais encore à l'hôpital. Grâce à vous, je revis, je m'éclate, je suis heureux. Donc si je peux rendre service... »

Silence.

« Est-ce que tu serais prêt à jouer en simple ? »

(Rien que de me remémorer cette scène, j'ai des frissons.) Et là, je sens que la seule attitude possible, pour répondre à une telle question, c'est la sobriété. Je suis sûr que Yannick et Hagel, en fins psychologues, guettent ma réaction, et vont en tirer des conclusions. Je réponds doucement : « Oui. » Un « oui » solennel, mais pas grandiloquent.

« Bon, bah, voilà, tu joues... Normalement, tu joues les trois jours, sauf cas de force majeure, selon le déroulement de la rencontre... »

Je regagne ma chambre dans un état second. Sitôt la porte refermée, je pousse un énorme cri de joie, je saute sur mon lit, je saute sur les murs, je marche au plafond, et puis d'un seul coup, il y a l'effet « prise de conscience ». Cette fois, j'y suis ! Vraiment ! J'ai franchi le premier barrage ! Je remercie le bon Dieu de m'avoir donné une deuxième chance. Et je commence à soliloquer : « Voilà, à Roland-Garros, tu n'as pas su saisir ta chance, mais celle qui se présente, il faut que tu la prennes. »

Je rejoins l'équipe autour de la table pour le dîner, où la sélection est annoncée officiellement à tout le monde, mais déjà, je *sais* que je vais gagner. Quelque chose me dit que je n'ai pas fait tout ça pour prendre trois petits sets. C'est facile à dire maintenant, mais dans mes rêveries, franchement, je me voyais traverser le mur d'en face et j'imaginais, comme dans les dessins animés, la découpe du mur dans la forme de mon corps, brandissant ma raquette. Je ne m'étais jamais senti aussi costaud.

Tout le monde, ou presque, avait l'air content pour moi. Je suis allé voir Olivier Delaître, lequel, à cause de moi, ne disputerait pas le double. Il semblait convaincu que Yannick avait fait le bon choix. Qu'un autre que moi se ferait déchirer. Je n'avais pas perdu un double depuis 1985, une vraie confiance m'habitait. Je lui dis : « Je suis désolé pour toi, mais je suis sûr qu'on va gagner, alors ce sera un moindre mal, car tu fais partie de l'équipe. J'espère que tu ne m'en veux pas... » Je n'ai rien dit à Santoro, parce qu'il faisait la gueule. Il disait qu'il pouvait battre Sampras, car il l'avait déjà battu une fois.

Le lendemain, on s'entraîne. J'ai envie de hurler mon bonheur, mais on a promis de ne rien laisser filtrer à la presse avant le tirage au sort. Donc, je m'efforce de faire profil bas. Ma jubilation est intime.

Dès que le tirage au sort est terminé, j'entre dans une phase « stone ». Hyperconscient à l'intérieur, mais détaché vu de l'extérieur. Rien à voir avec la finale de 1982 où j'étais complètement chien fou. L'avantage, c'est que notre échec (face aux Américains McEnroe et

Gene Mayer) ne m'avait laissé aucune séquelle, aucun complexe. En 1982, je ne m'étais même pas aperçu que Thierry Tulasne était malade que je lui prenne sa place. Tandis que, là, je suis lucide. Je perçois tout, j'emmagasine les moindres détails, je m'en nourris, mais je ne garde que le positif. Je rejette tout ce qui ne me fait pas de bien. C'est fabuleux. C'est comme une respiration régulière. Un rêve conscient.

Yannick m'encourage d'ailleurs à respirer sans arrêt, de crainte sans doute que la machine ne s'emballe. Il emploie un discours spécifique quand il s'adresse à moi. Il sait me parler, quand et comment me dire les choses importantes, qui ne sont pas les mêmes que ce qu'il dit à Guy. Les phrases clés pour moi, c'est : « Donne-toi à fond, exprime-toi, nous, on est derrière toi. On veut que tu sois heureux, on t'aime, on t'aime, on t'aime... »

Et moi, quand on m'aime, je suis un tueur !

Quand on me respecte, quand je sens qu'on respecte ce que je suis et ce que je fais, je peux déplacer des montagnes.

La veille du match, Yannick me fait venir une nouvelle fois dans sa chambre. Il me dit : « Tu as tout fait pour être au maxi, exprime-toi, tu n'as rien à craindre. Tout le monde sera derrière toi. Oublie tout ce qui s'est passé avant, oublie tes blessures, tes doutes, joue, et éclate-toi. Tu peux faire quelque chose de fabuleux. Surtout n'aie pas de regret. » Et moi, très calme : « Oui, oui, je sais, je suis prêt. »

C'était la première fois que je ressentais une telle plénitude, une telle osmose entre mon esprit et mon corps. La douleur que j'avais ressentie après mon échec à

Roland agissait sur moi d'une manière positive, comme un garde-fou. Une porte s'était refermée derrière moi. Cette expérience m'orientait sur le bon chemin. J'allais de l'avant, tout simplement, mais cette fois, avec tous les atouts de mon côté pour réussir.

Aussitôt, je repense à une conversation que j'avais eue avec Ayrton Senna à propos de ces sensations-là. Il m'avait expliqué que c'est très rare dans le sport d'arriver à pousser tout son être, son conscient et son subconscient, ensemble, dans un état « second ». *In the zone*, comme disent les Américains. Tout ce qui vous arrive, vous le voyez arriver comme si vous étiez à la fois vous-même et votre propre image. Vous êtes capable d'anticiper la réponse parfaite à apporter à chaque sollicitation. Ayrton Senna m'avait dit que cela lui était arrivé à Monaco, où il avait piloté comme dans un rêve, à la perfection, mais en oubliant les sensations physiques. Ce jour-là, pour lui, tout avait été évident, limpide. Mais il m'avait mis en garde : « Au-delà d'une certaine limite, cet état de grâce peut se révéler dangereux, car tu es tenté d'aller encore un petit peu plus loin, un petit peu trop loin. » J'imagine que c'est aussi ce que ressentent les plongeurs quand ils sont attirés vers les fonds. A la fin, ils ne veulent plus remonter, comme dans *Le Grand Bleu*.

Je savais tout ce qui allait se passer. Je savais qu'on m'attendait au tournant. Qu'on serait incrédule, voire méfiant. Qu'il y aurait même peut-être une période à passer au purgatoire, avant que les gens ne me soutiennent totalement. Peut-être qu'une fois de plus, ils hésiteraient à me reconnaître tel qu'en moi-même, vrai, sensible...

Lors du premier match, Guy fait jeu égal avec Agassi, mais à partir de un set partout, il se fait bouffer par l'Américain. Moi, je suis le match depuis les vestiaires, avec le Doc, le Dr Montalvan. Je suis calme, serein, malgré l'ambiance de fou qui règne dans la salle. Je n'ai pas peur, parce que je suis bien préparé, déjà dans mon match. Je suis sûr que je vais bien jouer. A la limite, je ne suis même pas impatient de le prouver, parce que la preuve, je l'ai en moi. Tout a été tellement bien orchestré !

Guy perd en quatre sets, et c'est la consternation du côté de la table de massage où il repose comme un boxeur groggy dans *Rocky*. C'est que, dans le scénario le plus plausible, il était prévu que Guy batte Agassi, et que moi, je perde contre Sampras. Qu'on gagne le double, et puis, le dimanche, à nous de nous débrouiller ! Or, là, évidemment nous nous dirigions vers un 2-0 mortel.

Tout le monde a l'air de penser que la rencontre est pliée. Je vais voir Guy, la fleur au fusil, je me penche vers lui, et je lui dis : « T'inquiète, je vais le battre, Sampras. » Il relève un peu la tête, me dévisage, et puis il repose sa tête sur la table, K.-O. Je sens qu'il se dit : « Riton, il est super, c'est chouette son attitude, mais il ne se rend pas compte ! » Je peux lire son incrédulité dans son regard, mais moi, je suis *vraiment* sûr que je vais gagner. J'en mettrais ma main au feu.

Yannick me prend aussitôt à part, dans une petite pièce. Je lui tape sur l'épaule et je lui dis à lui aussi : « T'inquiète pas, je vais lui mettre une branlée. » Et là, temps d'arrêt, il me regarde, genre « Et, moi je suis

Lucky Luke ? » Mais au lieu de me recadrer, il me crie : « C'est ça, Henri. T'as raison, tu n'as qu'à lui mettre une branlée ! » Et puis il se remet à y croire, et alors il commence à me chauffer grave : « Une branlée, t'as raison ! » Et il me file des coups d'épaule, et il me fait son masque de guerre, et il gueule : « Vas-y Henri, putain, bouffe-le ! ! ! » et il fait monter la pression d'un cran encore, et moi je monte en pression, et je m'empare de ma raquette... et j'y vais comme on défonce les murs ! Je rentre sur le court, je suis gonflé à bloc ! C'est Terminator avant l'heure !

D'entrée, je lâche les chevaux. Au deuxième set, à 6-5, il obtient une balle de débreak. C'est là que je fais ma fameuse volée, qui est passée cent fois à la télé, celle sur laquelle je m'élève dans les airs et que je claque, côté revers, croisée dans l'angle.

J'allais l'emporter 6-4, 7-5, 6-4. C'est un vrai régal parce que je joue exactement comme Senna pilotait, tout en anticipation.

Je sais exactement où la balle va revenir. Je contrôle parfaitement tous les paramètres. La balle est fusante, mais comme téléguidée. Je sais qu'il ne faut pas lâcher, que le moindre écart correspondrait à une sortie de route fatale, compte tenu de la vitesse.

Il faut tenir, tenir. Je souffle beaucoup, et profondément. Exagérément. Yannick souffle avec moi, comme la mère Chang en 1989 lors du match de son fils contre Lendl. Je n'ai jamais respiré comme ça sur un court. C'est un contact unique entre Yannick et moi qui s'installe par la respiration, quelque chose qu'on n'aurait pas pu partager dans un autre contexte que celui propre à la

Coupe Davis. Quand je revois la cassette vidéo, je me rends compte que dans les tribunes, les mecs pleuraient de rire en voyant ce que j'arrivais à faire. Et moi, je suis là, sur mon petit nuage, comme à la parade, trouvant tout cela normal.

Tous les points sont chauds. Tout peut arriver à tout moment. C'est du tennis de haut vol, pour un hold-up flamboyant. Je me sens tellement fort physiquement et mentalement que je peux profiter pleinement de ma technique, qui est un don du ciel. D'ailleurs, ce jour-là, j'ai réussi des coups que je n'avais jamais faits et que personne d'autre ne refera jamais, parce qu'ils n'existent pas. Je réussis tout ce que je tente, je suis en contrôle. Je suis inspiré.

Après la balle de match, je me tourne vers Yannick, nous nous étreignons de toutes nos forces. Je suis le plus heureux des hommes. On ne sait pas encore qu'à partir de cet instant notre amitié deviendra immatérielle, parce qu'on sera allés tous les deux bien au-delà de nous-même, grâce à l'autre, l'un pour l'autre.

Je viens de gagner un match historique, contre Pete Sampras, mais tout de suite, je me dis : « Allez ! Encore deux points ! » Je suis concentré sur les trois jours, moi ! Et je n'ai pas l'intention de m'arrêter sur un exploit personnel. Je veux tout le gâteau, pas seulement une part !

Si bien que je ne suis pas du tout euphorique, trop concentré sur la victoire finale. Face à Sampras, ce calme m'avait permis de surmonter le point de 40-0 où tout le monde croyait que j'avais fais un ace sur balle de match. La tension était à son comble, j'entendais presque battre les cœurs. Ils avaient presque tous grimpé au rideau, mais la balle avait été annoncée « faute ». Pas de problème, je m'étais replacé pour servir. Sur deuxième balle, un passing m'avait cueilli, mais dès l'occasion suivante, j'avais réussi à conclure, sans même avoir pensé, comme cela arrive (trop) souvent : « Je suis si près du but ! Ah, là, là, si je perds, quelle déception ! »

Le lendemain, en double, je sens bien que Guy n'a pas la même confiance en nous que moi. Sa propre défaite l'a meurtri, et je le sens inquiet. Mais moi, je suis toujours les rails, j'ai de l'énergie à revendre, et finalement, il me suit dans ma folie, tout en me procurant un sentiment de sécurité encore plus fort que la veille, lorsque j'étais tout seul sur le court. Nous remportons le match en quatre sets (6-1, 6-4, 4-6, 6-2), sans jamais douter de notre supériorité. Nouvelle étreinte collective, nouvelles émotions prises sur le vif. Menant 2 à 1, nous ne sommes plus qu'à une nuit de la délivrance. Le dimanche, Guy aura une chance de plier la rencontre en battant Sampras dès le début de l'après-midi, et, dans le cas contraire, j'aurai à disputer le match décisif contre Agassi. Ce que nous ignorions à l'époque, à l'heure d'aller nous coucher comme des bébés, c'est que, une fois qu'il nous avait bordés, Yannick ressortait pour faire la bringue dans les boîtes de nuit lyonnaises, à danser et boire des canons, pour évacuer son stress !

Le dimanche, c'est Guy qui marque le point décisif, dès le quatrième match de la rencontre, face à Sampras. Et c'est mieux ainsi, pour la beauté de l'histoire, que le partage des souvenirs et des honneurs soit équitable. Cinquante-neuf ans après les Mousquetaires, j'ai contribué à la victoire de la France en Coupe Davis, et j'en suis fier, mais je ne l'aurais pas fait sans mes potes, et cette si belle victoire n'aurait pas eu de sens sans celles des autres. C'est tout le charme de cette épreuve.

Après il y a eu « Saga Africa », qui raisonne toujours à mes oreilles, et puis l'arrosage en règle au champagne dans les vestiaires, suivi de la remise de la Coupe.

Dans les vestiaires, cela a été formidable. On n'arrêtait pas de répéter bêtement : « On l'a fait ! » « On l'a fait ! » presque comme si l'on n'y croyait pas ! Nous étions euphoriques, le champagne coulait à flots, comme j'aime.

Je me souviens surtout des visages de Gilles (Moretton), Pascal (Portes), Dominique (Bedel). Ils avaient l'air si heureux. Il y avait les anciens, aussi. Jean Borotra. Il nous regardait et il répétait : « C'est merveilleux ! » et il pleurait. Avoir vu un si grand monsieur – un Mousquetaire ! – pleurer de joie grâce à nous est un souvenir qui restera gravé à jamais dans ma mémoire. Philippe Chatrier, qui a fait tellement pour la Fédération, pour la Coupe Davis, pleurait aussi en nous embrassant. C'était pour lui l'apothéose de toute son action, menée pendant des années et des années, dans l'espoir de reconquérir la Coupe Davis. Toute sa politique sportive avait été orientée vers cet objectif-là, et nous lui apportions sa récompense sur un plateau d'argent. D'ailleurs, j'ouvre ici une petite parenthèse pour donner mon avis sur l'héritage Chatrier. J'estime que le flambeau a été très bien repris par Christian Bîmes, et que, en dépit des critiques qui lui sont adressées, force est de constater que le tennis français continue à évoluer dans le bon sens, toujours dans la continuité de son passé, conformément au respect d'une certaine tradition, et qu'il se porte plutôt bien. Fermez la parenthèse !

Ensuite, nous nous retrouvâmes au milieu du court, pour la traditionnelle remise officielle du trophée, et des petites répliques pour chacun d'entre nous. Je me souviendrai toujours de ce moment très fort où Yannick a évoqué le petit mot que Maxime, mon fils, m'avait adressé, et que nous avions affiché dans les vestiaires. Max, qui n'avait que cinq ans à l'époque, m'avait envoyé un dessin avec un cœur en inscrivant dessus, avec son écriture d'enfant : « Pour papa, maman... Papa, je t'aime, ramène-moi la Coupe Davis. » Evidemment, quand Yann a parlé de ça devant tout le monde, alors que je ne m'y attendais pas du tout, j'ai craqué. Comme en 1982, face aux Tchèques, à Roland-Garros, je n'ai pas eu le temps de masquer mon émotion, ni de contenir mes larmes.

Enfin, le soir, nous avons renoué avec le monde extérieur, celui des gens normaux dont nous avions presque oublié l'existence. C'était comme si nous revenions d'un voyage intersidéral. Nous étions saouls de bonheur. Ce soir-là, j'ai bu zéro goutte d'alcool tant mon corps était chargé d'adrénaline, mais j'ai passé l'une de mes nuits les plus merveilleuses, plusieurs heures au comble du bonheur, dans l'euphorie et la chaleur humaines. J'embrassais tout le monde, tout le monde m'embrassait.

Vers 7 heures du matin, j'ai pris le volant, tout seul. J'ai mis le cap sur Genève. Là-bas, personne ne m'attendait. J'ai ouvert la porte de ma maison, je me suis assis sur le canapé, et j'ai pleuré.

16

MAXIME ET LUNA

Max, c'est mon fils, ma fierté. Et une fierté sans cesse grandissante, quand je vois la manière dont il évolue. Il a dix-huit ans aujourd'hui. Après le bac, il envisage de faire l'école hôtelière de Lausanne, ou bien une école de commerce. J'aime beaucoup jouer au tennis avec lui. Il joue très bien, il est classé à 15. Il n'a pas eu envie d'être un champion, mais je le comprends, ce n'est pas évident pour un jeune homme de se lancer dans une activité où il va être sans arrêt comparé à son père. Mais depuis qu'il est tout jeune, il a été mon complice, dans la vie, comme dans ma carrière. Nous avons partagé de nombreux moments très forts, comme à Bercy, en 1992. Je venais de battre l'Australien Wally Masur, victoire qui me permettait d'accéder à la demi-finale du tournoi contre le Suisse Jakob Hlasek. Mais une rupture partielle du tendon d'Achille allait m'en empêcher. Je gagnai ce quart de finale grâce à l'énergie du désespoir et quelques coups incroyables, mais je souffrais atrocement. Je savais qu'il me serait impossible de disputer le match suivant. Désespéré, je regagnai ma chaise et me mis à sangloter dans ma serviette. Maxime, du haut de ses six ans, entra sur le court tout doucement, sans se soucier des spectateurs ni des caméras, se pencha vers moi et, avec sa petite voix, m'interrogea : « Papa, papa, pourquoi tu pleures ? Tu as gagné ! » Je levai la tête, et lui répondis spontanément : « J'ai mal. » Mais aussitôt, je repris une contenance normale. Je ne voulais pas qu'il me voie trop longtemps en état de faiblesse. Et, d'une certaine manière, il me donna là l'occasion de ne pas trop m'apitoyer sur mon sort, malgré ma douleur et ma frustration de ne pas pouvoir tenter de remporter Bercy.

Mon fils est extraordinaire. Il a su comprendre l'éducation que j'ai voulu lui donner, basée sur le respect des autres et le respect envers lui-même. J'ai été sévère avec lui, mais c'est parce que j'ai voulu le préserver. C'est tellement dur d'être « fils de... » quelqu'un de connu. Lorsqu'on voit dans les magazines tous les enfants de stars essayer d'affirmer leur personnalité, on réalise qu'il ne leur est pas si facile d'exister par eux-mêmes.

Je suis heureux de pouvoir constater qu'à dix-huit ans Max est un jeune homme heureux, qui assume pleinement ses responsabilités. Et à cet égard, je dois rendre hommage à son grand-père, le papa de Brigitte, décédé en décembre 2003, Pierre Bonel, ancien directeur d'école et prof de mathématiques, qui a largement contribué à son éducation. Maxime a été très peiné de perdre son grand-père. En l'accueillant souvent pour lui transmettre ses connaissances, celui-ci avait su combler certaines de mes absences.

Comme son père, Maxime aime la fête. Il aime partager, s'amuser, il a plein de copains, c'est dans ses gènes, mais il n'est pas dupe, non plus. Il sait que ce n'est pas dans la fête qu'on se bâtit un avenir.

Je voudrais terminer ce court chapitre en dévoilant la lettre qu'il m'a écrite à l'occasion de l'émission d'Isabelle Giordano, « Le fabuleux destin ». En fait Max a eu l'idée de terminer, plus de dix ans après l'avoir commencée, la fameuse lettre qu'il m'avait adressée à Lyon, en 1991, et que nous avions affichée sur le mur des vestiaires pour nous donner du courage. Ce jour-là, Maxime m'a tout particulièrement impressionné. Par la délicatesse de son geste, par le contenu de son texte, mais aussi par le courage dont il dut faire preuve pour lire un message aussi intime devant des milliers de téléspectateurs.

Cette lettre, la voici :

S'il te plaît, papa, reste comme tu es. Le copain que si peu d'années séparent de moi, et avec qui je fais mille choses. Même si souvent tu disparais au volant d'une voiture de course, même si souvent tu t'échappes en avion pour un tournoi ou pour tes affaires, on a quand même quelques occasions de renforcer notre complicité. Tu es mon partenaire de tennis préféré, de karting et de ski aussi.

S'il te plaît, papa, continue de veiller sur moi. Bien souvent, tu as dû me trouver résistant à l'éducation que tu essayais de me donner. Ça a fini par rentrer, tu sais, et je suis content aujourd'hui d'avoir appris tout ça.

S'il te plaît, papa, ne change pas trop. Tu es un de mes modèles. Celui à qui j'essaie de ressembler. Les gens me le disent, d'ailleurs : j'ai ton physique, ta mentalité et même ta façon de parler.

J'espère que ce sera toujours aussi bien entre nous, mais surtout, je sais que j'ai de la chance d'être ton fils et n'oublie jamais que...

Je t'aime.

MAXIME.

Max, mon fils, mon meilleur ami, je suis tellement fier de toi...

Quant à toi ma petite Luna, je voulais te dire que je suis très fier d'être ton papa.

Comme j'aime à le répéter, tu es ma petite Manon des Sources, tu es mon diamant, mon soleil de minuit. Je suis émerveillé par ta grâce et ta beauté. Tu as huit ans, et tu es devenue une grande fille toute fine, toute câline, toute féline. Tu es à la fois tendre, fragile mais aussi très indépendante, tu possèdes déjà une grande force de caractère qui te donne ce petit côté sauvage qui se traduit souvent par un comportement un peu solitaire, un peu effacé. Ton regard déjà impressionne, il est lumineux, intense, profond, plein de tendresse et d'amour, et à la fois si curieux de tout.

Tu possèdes un talent artistique indéniable et c'est dans le dessin que tu t'exprimes le mieux, à travers lui, tu communiques tes sentiments les plus profonds, c'est un véritable don que tu possèdes déjà.

Je sais que je n'ai pas été aussi souvent présent à tes côtés que tu l'aurais souhaité, mais aujourd'hui nous avons tout le temps devant nous pour faire ce que nous aimons tous les deux, flâner, nous promener, aller au cinéma et faire du sport. Je dois d'ailleurs te dire que tu es très douée en ski, mais aussi au tennis ce qui n'est pas fait pour me déplaire. Et puis quand on rentre bien fatigué, tu deviens ma petite Miss Gameboy. Tu te reposes, et moi je te regarde, attendri devant ce petit bout de femme que j'aime tant et dont je suis si fier.

Ma Lunita, sache que ton papounet t'aime tendrement et qu'il sera à tes côtés tout au long de ta vie à t'aider et à te soutenir dans toutes les décisions que tu seras amenée à prendre.

Je t'aime.

PAPA.

17

SURVIVRE À L'EXPLOIT

Comme après la pluie vient le beau temps... après le beau temps revient la pluie, aurait pu ajouter l'auteur du précieux proverbe ! Car évidemment, à la suite de notre exploit de Lyon, tout n'est pas resté rose bonbon sur la planète tennis. Ruptures, engueulades, doutes, ressentiments ont fait basculer notre petit monde enchanté dans la grisaille du quotidien. Quand je suis enfin sorti de ma bulle, je me suis rendu compte de l'onde de choc qu'avait représentée notre victoire dans le sport, mais aussi dans toute la société française. De grosses entreprises commençaient à envisager des solutions de management inspirées de notre exemple, et même à l'étranger, le phénomène fut analysé sous toutes les coutures, autour d'un thème central, incompréhensible de l'extérieur : comment de braves petits agneaux – car c'est ce que nous étions comparés aux Américains – peuvent-ils se transcender de la sorte et croquer tout crus les loups du voisinage ? Pourquoi plusieurs hommes soudés comme un seul sont-ils plus puissants que la somme de leurs talents individuels ? La réponse est simple : c'est la magie de la solidarité ! La force de la fusion. La revanche des beaux sentiments sur la logique mathématique. Indiscutable réalité.

Nous avons tant bien que mal cherché à prolonger cet esprit de corps. Nous nous voyions beaucoup, nous nous appelions sans arrêt au téléphone, c'étaient toujours des conversations joyeuses, pleines d'entrain, de camaraderie. Mais, petit à petit, le temps a fait son œuvre, et nous avons fini par reprendre nos distances.

Tout seul, je me suis retrouvé en panne de motivation, comme cela arrive fréquemment aux personnes qui atteignent leur but. On dit qu'il ne peut pas vous arriver pire que de voir votre rêve se réaliser. C'est tout à fait juste. J'accusais le coup, ou plutôt le contrecoup. Je produisais de moins en moins d'énergie. Je profitais encore de l'élan de la victoire, mais je sentais bien que j'arrivais en bout de course. Autour de moi, des personnes voulant profiter de cette folie qu'avait été la finale de Lyon, boire la coupe jusqu'à la dernière goutte, me collaient, me pompant l'air en même temps que mes dernières forces. J'ai dit « stop » brutalement à des gens trop envahissants. Comme chaque fois que j'encaisse trop sans rien dire, j'ai explosé, et j'ai tout envoyé promener. A commencer par Patrick Chamagne à qui, pourtant, je devais tellement. C'est grâce à lui que j'étais redevenu un joueur de tennis digne de ce nom. Nous avions vécu des moments exceptionnels ensemble, et lui seul savait combien j'en avais bavé pour me retrouver sur le court en finale. Mais cette intimité partagée, ce contrôle qu'il avait pris sur moi à travers ses questions, ses conseils, une fois l'événement passé, commençaient à dépasser les limites. Maladroitement, il continua à vouloir régir ma vie de A à Z, comme lorsque j'étais totalement paumé, en proie au désespoir. Il n'a pas compris que je m'étais refait une santé, dans tous les sens du terme, et il a trop empiété sur mon territoire, jusqu'à envahir mon jardin secret. Il faut savoir parfois conserver une certaine distance avec les gens, sinon, en poussant le raisonnement jusqu'à l'absurde, pourquoi ne pas vivre carrément en communauté ?

Je reconnais que je n'étais pas à prendre avec des pincettes à l'époque. J'étais victime du syndrome de l'exploit : je ne savais pas être le « nouveau moi ». Un « moi » différent de celui que j'étais avant, un « moi » qui devait assumer sa nouvelle autonomie, mais soumis en permanence au jugement des autres, alors que, durant des mois, personne ne s'était plus soucié de moi.

Je pense que Nicolas Escudé a dû vivre quelque chose d'équivalent à ce que j'ai connu à l'époque. Comme moi, il possède un corps relativement fragile, il a un peu le même jeu à risques, une attirance pour le tennis « fil de rasoir » et Wimbledon le fait kiffer. Dans la vie, c'est son côté fou-fou qui l'emporte, et il a une image très idyllique de l'amitié entre mecs, et de l'esprit sport collectif.

Avant son exploit en Australie 2001, où il bat Lleyton Hewitt, alors numéro 1 mondial et apporte le point décisif à la France lors du dernier match en battant Wayne Arthurs, il était un peu à la rue, aussi. Il ne gagnait pas un match, mais, une fois placé sur des rails, cadré dans la routine du stage, sur herbe, avec le soleil, les copains, les joueurs, le staff et Guy (Forget) sur son dos, il s'est mis dans les conditions idéales pour accomplir un véritable exploit. Pour, et par les autres. Et son bonheur fut à la hauteur de ses espérances, sur le coup, et durant les semaines qui suivirent. Sauf que par la suite, la ronde des emmerdes a commencé : défaites, blessures, ruptures, « rééduc' » en tout genre, changement de coach... La désolante banalité de la vie d'un joueur de tennis professionnel en perte de confiance !

Si je connais ! Et ce que je sais, c'est qu'on ne peut que très rarement espérer s'en sortir tout seul. Il faut avoir la chance de rencontrer quelqu'un de solide, quelqu'un qui sache relativiser l'exploit que vous avez accompli, quelqu'un qui vous tende la main.

Cette année-là, c'est Fred Roche, l'ancien préparateur physique de la FFT, l'homme qui a fait toute ma carrière depuis les débuts à l'INSEP où j'avais zéro muscle, qui m'a tiré du pétrin.

Il a compris que j'étais en « overdose » d'honneurs et de compliments, mais surtout, plus grave, en « overdose » de tennis. J'avais trop bossé. Trop donné. Dès que je voyais un court de tennis, même en photo, je détournais le regard. Cela ne m'était jamais arrivé, et cela ne m'arriva jamais plus par la suite, tant il est clair que j'aime le jeu pour le jeu, avant tout autre chose.

Sur le coup, c'était l'incompréhension totale. Ce n'est qu'avec un peu de recul que j'ai compris ce qui se passait, en fait. Je savais que je n'arriverais pas (ou alors très épisodiquement) à reproduire la même qualité de jeu qu'à Lyon, et cela me manquait déjà. C'était bien pire qu'un sentiment de frustration, c'était presque physique, un état de manque comme un drogué qui n'aurait pas son fix.

L'hiver 1991-1992 commençait à toucher à sa fin. Je voyais arriver la saison sur terre. Je savais que je serais attendu... et, très probablement, décevant.

J'étais en panique intérieure alors que je faisais, genre, comme d'habitude : « Mais non, tout va bien ! »

Physiquement, je n'étais encore pas si mal, mais dans ma tête, j'étais cassé. Je ne gagnais pratiquement plus un match, battu difficilement par Guy (Forget) au premier tour de l'Open d'Australie. La flamme n'y était plus.

C'est fin avril que Fred m'a proposé de me mettre carrément au vert, en Normandie, en vue d'essayer de faire un truc à Roland-Garros. Il m'a conseillé de ne plus toucher la raquette. Juste courir, sauter, respirer. Profiter de la nature. Prendre un bon bol d'air frais pour soigner ma « crise de foi ».

Côté Coupe Davis, après une rencontre insignifiante contre les Anglais à Bayonne en février (victoire de la France 5-0), nous fûmes éliminés début avril par la Suisse (3-2, à Nîmes, victoire en double avec Guy sur Hlasek-Rosset en cinq sets). L'ambiance de la rencontre fut exécrable. Yannick Noah nous écarta, Guy et moi, des matchs de simple, en disant que nous n'étions prêts ni l'un ni l'autre à assumer, ce qui à mon avis restait à démontrer. Après la défaite, alors qu'il avait déjà pris en son for intérieur la décision d'arrêter le capitanat pour devenir chanteur, il nous fit porter l'entière responsabilité de l'élimination et le proclama directement en première page de *L'Equipe* sans nous en parler avant ! Pas cool, Yann !

Ça peut lui arriver. Je me souviens d'une rencontre en Australie, quand il était tombé amoureux de la fameuse

Witney, une Américaine qu'il n'avait quand même jamais vue ! ! ! – il faut le savoir ! – et avec laquelle il passait des heures au téléphone. Un truc de fou : il ne la connaissait pas, ne l'avait jamais vue en chair et en os, et encore moins touchée, mais il passait environ huit heures par jour à susurrer des mots d'amour au téléphone pendant le stage de préparation ! On ne pouvait même plus lui adresser la parole. Il était là physiquement, mais absent par la pensée. On avait de ces boules, dans ces cas-là ! Evidemment, nous avons perdu, et au moment de prendre date pour le match de relégation, il nous déclara : « Ce sera sans moi ! » Il pouvait être comme ça Yann, tout à coup « très perso », ce qui ne m'empêchait pas de lui rester fidèle, même quand mon entourage me faisait remarquer cet agaçant travers.

Je referme la parenthèse ouverte incidemment sur cette rencontre anecdotique en Australie, pour revenir au printemps 1992, vécu par tout le monde comme un triste lendemain de fête. Ce contrecoup ne devait toutefois pas gâcher notre merveilleuse aventure. Aussi, dès la parution de cet article incendiaire, je devais retrouver Yannick pour une exhibition des Enfants de la Terre. Plusieurs journalistes avaient fait le déplacement, curieux de voir ce qui allait se passer entre nous. Certains avaient misé sur le fait qu'on allait peut-être se foutre sur la gueule. Il y en a même qui l'espéraient, en tout cas tout le monde frétillait. Ça évoquait bien les sales moments où nous ne pouvions plus nous encadrer, Yannick et moi. En fait, nous nous sommes enfermés dans les vestiaires et engueulés copieusement pendant un bon quart d'heure. Chacun a dit à l'autre ce qu'il pensait, sans ménagement, comme du temps des grandes heures, quand Patrice Hagelauer avait dû nous enfermer dans les vestiaires de son club de la Côte d'Azur, à Sophia Antipolis, pour nous obliger à nous parler, avant d'en venir aux pires extrémités.

A l'époque de Sophia, nous étions ressortis relativement apaisés, mais toujours un peu haineux l'un envers l'autre, alors qu'à Genève, dès que nous en avons eu fini avec nos reproches respectifs, nous nous sommes tombés dans les bras. L'aventure de Lyon était insubmersible !

C'est pourquoi j'ai suivi avec un intérêt tout particulier les remous qui ont agité l'équipe de France de Coupe Davis, tout au long de l'année 2003, après l'échec de Bercy face aux Russes en finale, un an après le succès en Australie. J'ai vu monter la mauvaise mayonnaise, à grands coups de déclarations des uns et des autres par presse interposée. Comme si le passé ne servait pas de garde-fou. J'ai assisté à l'escalade de la connerie.

Guy est un super-capitaine, mais il doit impérativement resserrer constamment les boulons s'il veut conserver son (indispensable) autorité. Sur ce coup-là, les joueurs se la sont jouée vraiment « gamins », et Guy aurait dû taper du poing sur la table bien avant la fin de l'année ! Je le dis avec d'autant plus de détachement que je ne suis pas du tout partie prenante dans cette affaire. Si j'avais dû jouer un rôle au niveau de l'encadrement, Guy, qui est mon ami, m'aurait fait signe. C'est un anxieux, Guy, qui souhaite avoir le contrôle sur tout pour se rassurer. A mon avis, il pense que si j'étais dans le staff, je lui mettrais le bordel. J'ai une trop forte personnalité. J'ouvre trop ma gueule. Je ne suis pas assez psychologue pour être le bienvenu, je le sais. Et je le comprends, d'une certaine manière. Mais je ne vais pas me changer pour tenter de rentrer dans un petit trou de souris. Même si, je l'avoue, cela m'intéresserait beaucoup de donner un coup de main au tennis français de haut niveau.

Mais je ne suis pas persuadé que je pourrais faire du bon travail avec l'actuelle génération, car là où je vois Guy dépenser des trésors de diplomatie pour essayer de faire admettre la moindre évidence aux joueurs, moi, je leur serais déjà rentré au moins dix fois dans le lard !

Guy continue son œuvre avec patience, dénouant les nœuds au fur et à mesure qu'ils se forment, et tant mieux s'il y trouve son compte ! A la fin d'une année 2003 fort agitée, il a posé aux joueurs la question de confiance. Ceux-ci l'ont tous plébiscité, faisant même amende honorable, à l'exception de Fabrice Santoro qui l'a payé d'une exclusion.

Il était temps que Guy intervienne car leur belle histoire de copains tournait à la mascarade. Ils n'étaient plus tous prêts à se mettre au service des autres. Les premières campagnes avaient été basées sur l'absence d'ego, au profit de l'esprit d'équipe, un peu à contre-courant de la puissance que représentait Cédric (Pioline) à lui tout seul à la fin des années 1990. Mais petit à petit cette équipe était devenue une fragile cohabitation entre hommes aux caractères bien trempés, soucieux de leur intérêt personnel, et plus du tout la petite bande de joyeux drilles désintéressés qu'ils feignaient d'être encore. L'éviction de Fabrice Santoro, suivie du « coup de gueule » de Forget contre les dirigeants en place, aura sans doute servi d'électrochoc pour former une nouvelle cohésion sur les vestiges de l'ancienne. Mais autant je comprends qu'on prenne des sanctions contre un joueur qui ne respecte pas la charte morale d'un groupe, autant j'estime que critiquer à travers la presse et d'une manière véhémente des personnes sans les désigner nommément ne sert pas beaucoup à faire avancer les choses. A mon avis, rien ne vaut une bonne discussion, au calme, sans micro, ni caméra, d'homme à homme. Mais cela n'engage que moi...

Victime d'un phénomène d'usure bien naturel, cette équipe avait perdu en route ce qui avait fait son succès, ce qui fait le succès des grandes formations, quelle que soit la discipline : la bravoure et l'engagement sans condition.

Encore une fois, que personne ne voie dans mes propos une tentative de déboulonnage de Guy Forget. Ce que je confie là, je le lui ai déjà dit en face, lors d'un séjour impromptu à Marbella en fin d'année dernière. Il connaît parfaitement mon opinion et sait que je ne figure pas parmi ceux qui se verraient bien sur le siège de capitaine.

Il m'écoute justement parce que j'ai prouvé par le passé que je n'étais pas un dégonflé au niveau du discours, et que je crois sincèrement à ce que je lui dis.

En 1987, c'est moi qui ai poussé Jean-Paul Loth vers la sortie. Tous les joueurs étaient mécontents du fonctionnement de l'équipe d'alors, on en parlait sans arrêt dans son dos, mais au moment de le lui dire en face, personne, à part moi, n'a eu la franchise de le faire ! Je possède l'art de la rupture dès lors que je n'ai rien à me reprocher. On n'est plus en harmonie ? OK, on se quitte ! Cette année-là, j'étais allé voir Jean-Paul et je lui avais dit : « Voilà, Jean-Paul. On t'aime bien, mais on en a marre de toi sur la chaise. Alors, on arrête, c'est fini, on change ! » Comme cela arrive souvent, les gars m'ont dit, à moi : « C'est super, tu as bien fait ! C'est ce qu'on voulait » ; et à Jean-Paul : « Nous, ça va, c'est surtout Henri qui en avait marre ! »

Mais c'est de l'histoire ancienne. A Marbella, j'avais dit à Guy, à propos de son équipe : « Vous étiez une vraie bande de copains, je n'en doute pas une seconde, mais par la suite, ils ont pété les plombs, tes gars. Quand on est Mickaël Llodra, qu'on entame à peine sa carrière en double en Coupe Davis, on commence par fermer sa gueule ! On ne va pas dire du mal de son capitaine dans l'équipe ! Un capitaine, ça se respecte. Ou il faut avoir les couilles de le virer ! Guy, un capitaine, ça doit rester au-dessus de la mêlée ! Pour que ça marche, ça doit être : tout le monde au garde-à-vous et ce qu'on a à se dire on se le dit en face, et sur-le-champ ! Ni par-derrière, ni six mois après ! Mais enfin, c'est n'importe quoi, un comportement pareil ! *Idem* pour Santoro qui t'allume dans la presse alors qu'il dînait chez toi trois jours avant ! »

Que dire de Nicolas Escudé ? Deux années ont passé entre son succès australien, et sa belle victoire à Doha, en début d'année 2004. J'imagine que ce titre a dû le rassurer car, plus la traversée du désert est longue après un coup d'éclat, et plus celui-ci devient lourd à porter. D'autant plus lorsque vous êtes sensible, car vous vivez dans l'angoisse de décevoir ceux à qui vous avez fait tellement plaisir. Et quand vous êtes fragile physiquement, c'est tellement tentant de se retrancher derrière les « Ah, si j'avais été plus costaud ! ». Ça vous dédouane.

Il faut dire que la situation actuelle n'incite pas tellement les joueurs français à se mettre en danger. Ils vivent royalement dans un cocon. Rien à voir avec tous ces gars du circuit dont l'avenir dépend exclusivement de leurs performances, et non de leur notoriété. Les Espagnols qui se tirent vraiment la bourre entre eux, à une dizaine sur un minuscule marché ; les Sud-Américains expatriés à longueur d'année qui vivent en autarcie ; les Russes qui se font aider par un sponsor allemand qu'ils mettent toute leur vie à rembourser ; ou encore ces Américains qui luttent pour un peu de considération dans un pays où le tennis a de moins en moins la cote...

La France possède le marché le plus florissant, les sponsors les plus actifs, les fans les plus chaleureux, et c'est pourquoi les joueurs français ont la belle vie. C'était déjà vrai il y a vingt ans, ça l'est encore autant maintenant.

Un événement comme Roland-Garros permet aux annonceurs d'orchestrer d'importantes campagnes de publicité ou de relations publiques, au printemps, à Paris. La télé et l'ensemble des médias déploient des moyens considérables autour de l'événement dont les joueurs français sont les vedettes alors que leurs résultats, sur terre battue en tout cas, ne sont pas mirobolants et qu'ils ne font pas énormément d'efforts pour se faire valoir.

Tant que cela marche pour eux, tant mieux ! Mais je pense que personne, dans le tennis français, ne peut éviter une remise en question pour les années futures. Comprendre pourquoi, alors que nous avons la Fédération la plus riche et la plus enviée du monde, ainsi que le plus grand nombre de tournois « tremplins » organisés sur notre sol, nous voyons si peu de jeunes joueurs arriver ? Pourquoi ceux qui pointent leur nez à dix-huit ans disparaissent à vingt pour renaître parfois à vingt-cinq ? Pourquoi il y avait si peu de joueurs dans le Top 50 début 2004 ? Pourquoi les joueurs français sont-ils si souvent blessés ? Pourquoi un Français n'a pas remporté un tournoi du Grand Chelem depuis Yannick Noah en 1983 ? Pourquoi Amélie Mauresmo est-elle toute seule au sommet, alors qu'elles étaient cinq Françaises dans le Top 10 il y a trois ans ? La France vient de remporter la Fed Cup pour la deuxième fois en six ans. Il n'y a pas péril en la demeure mais on est peut-être à un moment propice pour faire une sorte d'audit, entamer une vraie réflexion, et tenter de réorganiser certaines choses, redéfinir les rôles de chacun, dans le tennis masculin comme dans le tennis féminin.

Une fille comme Amélie Mauresmo mériterait d'être soutenue davantage qu'elle ne l'est en échange de tout ce qu'elle apporte au tennis. Grâce à elle, nous sommes dans la plus haute dimension du jeu. On l'a vue progresser, on a vu comment elle avait fait évoluer son jeu vers l'avant, et la manière dont elle se bat, malgré ses déboires. Elle est pour beaucoup dans la victoire de la France en Fed Cup, en 2003, même si Guy (Forget), et Mary (Pierce) y ont aussi contribué. Avec Amélie comme locomotive, il y a énormément de choses à développer dans le tennis féminin. Cet univers ressemble un peu au tennis masculin des années 70, quand on sentait qu'il y avait de la place au plus haut niveau pour celui qui aurait l'audace d'y croire et de se préparer en conséquence. Aujourd'hui, une jeune fille qui voudrait mettre en place une structure professionnelle pourrait accomplir de très grandes choses, pour peu qu'elle soit volontaire, bien entourée, et qu'elle n'ait pas froid aux yeux.

Après Pierce, les Tauziat-Testud-Halard ont ouvert la voie, Mauresmo est en plein dedans, les autres ne demandent qu'à la suivre. Moi, je trouve cette aventure passionnante, d'autant que la plupart des filles pratiquent aujourd'hui un jeu enthousiasmant. Elles attaquent, ça me plaît, ça me ressemble ! Il y en a qui montent au filet comme il nous arrivait parfois de monter : « en caleçon », mais avec un cœur gros comme ça !

Maintenant, il y a aussi – plus que chez les hommes – l'aspect psychologique qui entre en ligne de compte. Et c'est là que je sens parfois une barrière entre les femmes et moi. La psychologie, comme je l'ai dit, ce n'est pas toujours mon point fort ! Cela dit, j'ai remarqué que, lorsque le courant passe bien avec une femme, qu'il existe une confiance réciproque, elles percutent beaucoup plus vite que les hommes, dès lors que j'arrive à utiliser le bon mot, le mot qui les touche. Vous savez, un mot, un seul mot peut considérablement changer le cours des choses, en sport. Pour preuve ce match mémorable que j'ai disputé en 1986, face au Brésilien Cassio Motta. Il menait deux sets à zéro, trois balles de match en sa faveur, que je sauve miraculeusement. Tout le monde me croit perdu, mais au changement de côté suivant, je reçois des mains d'un ramasseur un petit mot signé Patrice Dominguez, qui était assis à côté de Michel Leeb : « Allez, Henri ! On croit en toi ! » Galvanisé, j'ai refait tout mon retard, et, à 5-0 pour moi au cinquième set, sur un Central en délire, je me suis approché de Dominguez et je lui ai lancé : « Tu ne pouvais pas me le dire plus tôt, non ? »

J'espère que bientôt un Français va tout miser sur Roland-Garros. Il serait temps ! Il serait temps que les joueurs arrêtent de privilégier le circuit ATP, son Masters et ses dollars, pour se consacrer à la seule épreuve qui ait une dimension historique : un titre du Grand Chelem, et qui plus est, chez soi, devant son public ! C'est ça le top du top, le reste, ce n'est qu'une manière de gagner sa vie.

Comment admettre la démarche de Nicolas Escudé en 2003 et même avant, qui préfère carrément zapper Roland-Garros pour augmenter ses chances de remporter... Wimbledon ! Alors qu'il est utopique d'imaginer qu'on puisse remporter un tournoi tel Wimbledon, comme on mise tout sur le rouge ou un seul numéro. Un Grand Chelem, ce n'est pas une loterie, ça se prépare bien en amont ! En France, il n'y a pas eu trop de réactions sur la décision d'Escudé, c'est même passé un peu inaperçu, alors que j'imagine la tête des Anglais si Tim Henman déclarait : « Cette année, je joue Wimbledon en touriste, parce que je vise l'US Open ! »

C'est d'autant plus regrettable que je suis persuadé qu'un pur attaquant, tel qu'Escudé (ou Henman, justement), peut parfaitement gagner Roland-Garros, à condition, c'est vrai, d'avoir un bon tableau. Mais il

Du Président Jacques Chirac, un grand homme à qui je voue une sincère admiration, à Fouad Mejatti, mon frère de cœur, en passant par Ilie Nastase, Mansour Bahrami, Eddie Barclay… et tous ces bons copains dont la fidélité ne se dément jamais, comme celle de Thierry Rey, champion olympique de judo, qui ne fut pourtant, en son temps, pas très tendre avec moi...

© Agence Angeli

© Bertrand Rindoff Petroff/Ang

© Jean Bibard/Agence FEP

© Philippe Wagner/Atelier Foto

© Coll. part., D.R.

© G. Nencioli/Fondation Laureus

... oui, j'aime la fête !

De Marbella à Saint-Tropez en passant par Genève ou Paris, j'aime célébrer chaque événement, retrouver mes meilleurs potes. Yann, tu danses ?!

© Guirec Coadic/Agence Angeli

© Nicolas Arsov/Sipa Press

© Jean Aponte/Méditerranée Photo

© Jean Aponte/Méditerranée Photo

© Philippe Wagner/Atelier Foto

Ça, c'est mon côté caméléon.

Après le tennis,
j'avoue d'autres passions :
les sports mécaniques,
les chevaux, bref,
tout ce qui va vite !
Mais sans jamais
me prendre au sérieux.

© Coll. part., D.R.

© Gianni Ciaccia/Sport-Vision

© Nicolas Arsov/Sipa-Press

Festival

Un rendez-vous
au Costes !
Un premier soir,
déjà comme
une promesse.
Et la vie à deux
qui tourne
comme un manège.
Mon manège à moi,
c'est Florentine.

© Jean Daniel Lorieux

© Youri Zakovitch

© Nicolas Arsov/Sipa-Press

Philippe Wagner/Atelier Foto

© Coll. part., D.R.

© Nicolas Arsov/Sipa-Pre

BNP PARIBAS MASTERS

Max, Maxou, Mon pote ! Comme tu as grandi, mon fils !

Tu as dix-huit ans, et je suis super fier de toi. Et toi ma Luna, ma Lolita…
Tu t'entends si bien avec ton frère, c'est un bonheur pour un papa.
Toi et ma Flo, vous êtes mes fripouilles !

Ce qui aujourd'hui me rend heureux,

c'est de pouvoir enfin réunir ma petite famille avec la femme que j'aime et son bambin, Jules (et son inséparable "Totor") !

Double Page © Coll. part., D.R.

Vacances...

Coucou, belle Sévillane !
Mon maxi Max et toi,
El Julito…
Prendre un enfant
par la main, dit la chanson !
Ils sont ce que j'ai
de plus cher au monde.

serait stupide de ne pas croire en leurs chances. Il suffirait qu'ils se renforcent physiquement (et c'est possible sans prendre de produits dopants !). Après, il leur faudrait développer en priorité leurs qualités naturelles pour faire de leurs coups forts de véritables missiles. Il faudrait qu'ils entrent dans la peau d'un sniper, avec volée au cordeau obligatoire pour ne pas se faire passer ! Les points faibles seraient à travailler aussi, mais dans une moindre mesure, juste pour la confiance. Si aujourd'hui on me donnait la possibilité de m'occuper d'un pur attaquant à Roland-Garros (je ne veux pas être coach, mais une « Mission Roland-Garros », ça me plairait bien !), je crois qu'en prenant, en plus, conseil auprès de Yann et de Hagel – qui ont fait leurs preuves (!) –, je saurais le convaincre de son talent. La seule raison pour laquelle les purs attaquants ne gagnent plus à Roland, c'est parce qu'ils n'y croient pas eux-mêmes.

Chaque année, nous voyons, tel un marronnier, refleurir la fameuse... pression à la porte d'Auteuil ! L'une des victimes est Amélie Mauresmo qui n'arrive jamais à déployer toute l'étendue de son talent devant son public, tout simplement parce qu'elle veut trop bien faire. Elle se la met toute seule, la pression. Il faudrait qu'elle discute avec mon ami Edgard Grospiron, le roi des bosses, auteur de cette phrase magnifique : « La pression, pour moi, c'est quoi ? C'est une bonne bière ! »

Mon intime conviction en matière de pression, c'est que, au fond, elle n'a pas de consistance réelle. C'est chacun d'entre nous qui la façonne, à partir de nos propres ingrédients, en deux temps : la pression de la première semaine, où il ne faut surtout pas perdre contre moins fort que soi ; et celle de la deuxième, où il faut arriver à saisir sa chance contre plus fort que soi. Dans les deux cas, c'est la peur de décevoir qui pénalise les joueurs français. Souvent, ils ne travaillent que dans l'optique de pouvoir dire aux journalistes, une fois la défaite consommée : « Je vous promets, je n'ai rien à me reprocher ! » Avec le recul, je trouve cette attitude ahurissante ! Il faut tirer un trait là-dessus et se recentrer sur soi-même, uniquement sur soi, et rien d'autre. Chercher à tâtons tout ce qui vous ressemble, toutes les composantes de votre bien-être en tant que joueur, vous trouver une routine, un canevas, et après, ne plus se poser de questions. Le canevas, c'est la réponse à la pression, et, comme la pression, ça n'existe pas en tant que tel. Le canevas, c'est votre organisation interne, rien de plus. Quand vous l'avez défini, il faut se foutre des œillères, entrer dans une bulle positive, et ne plus en sortir avant la fin... Surtout pas avant la fin !

Mais cela n'exclut pas la participation du public, bien au contraire. Je crois que les joueurs français ont tort de faire abstraction des spectateurs. Il faut au contraire aller les chercher, les gens ! Ne pas avoir peur de communiquer avec eux et de provoquer leur soutien, ils ne demandent que ça ! On dirait que les joueurs, face au public, veulent se faire tout petits. Ils se disent : « Si je fais le malin, et que je perds, je vais être ridicule, ils vont dire que je me la pète... » C'est une erreur : il faut oser, il faut convaincre, et surtout, ne pas craindre de se dévoiler sous son vrai jour : « Voilà, je suis joueur, vous avez payé pour me voir, mais vous savez, je suis comme tout le monde : je veux bien faire, et j'ai des doutes. C'est difficile, alors aidez-moi, portez-moi, je suis un peu comme votre enfant, montrez-moi que vous m'aimez, on va essayer de gagner ensemble ! »

Quand on est joueur français, la moindre des choses c'est quand même de faire de Roland-Garros le point d'orgue de sa saison, même quand la terre battue n'est pas votre surface de prédilection.

Lors de plusieurs éditions du tournoi, et tout particulièrement en 1992, j'ai été tenté de chercher à l'avance des excuses pour mes futures défaites, d'invoquer les blessures, la malchance, et de me projeter directement sur Wimbledon où un attaquant a, en effet, toujours une bonne carte à jouer. Mais cela aurait été une dérobade. Alors j'ai serré les dents, et j'ai bossé pour entrer dans la fameuse bulle. Et puis, tout d'un coup, j'ai senti que je forçais la chance, et c'est ainsi que je suis arrivé, en attaquant sur toutes les balles, même parfois au bluff, en demi-finale de Roland-Garros. Là, c'est vrai, un certain Petr Korda m'a barré la route. C'était l'année du « Vengeur masqué », un surnom que Yannick Noah m'avait trouvé. Une évocation qui avait mis de l'ambiance dans le stade et sur les ondes, jusqu'à ce que je chute. Face à un gars que je considère aujourd'hui comme un voleur...

18

UN TRISTE SIRE

Apprendre que l'adversaire qui vous a barré la route de Roland Garros se révèle, plus tard, être un joueur dopé procure une sensation extrêmement désagréable. Même si le contrôle fatal a lieu six ans plus tard, et que au fond, le doute sera toujours permis. Rien ne prouve qu'il était dopé quand il m'a battu à Roland-Garros, en 1992.

Petr Korda, vainqueur de l'Open d'Australie en 1998, a été pris au contrôle antidopage pour avoir absorbé de la nandrolone. Un produit interdit qui, visiblement, est retrouvé dans les urines des quelques rares joueurs de tennis pris aux contrôles, à commencer par les Argentins, désormais trois à avoir été attrapés. A l'heure actuelle. Ce n'est sans doute – malheureusement – pas fini. La nouvelle de la culpabilité de Korda m'a rendu fou furieux, même avec l'effet retard. J'ai trouvé cela scandaleux. Je me suis dit : « Ce n'est pas vrai ! Ce mec m'a volé mon rêve avec ses produits de merde ! »

Depuis, je n'ai jamais éprouvé une once de compassion pour ce gars-là. Je le côtoie sur le Seniors Tour. Je lui parle un petit peu, bien qu'il m'irrite. Vous pouvez lui demander « Comment ça va ? » il vous répondra toujours la même chose : « Oh, ça ne va pas du tout, j'ai mal partout... » Ce qui ne l'empêchera pas de vous mettre 6-2, 6-1, le lendemain. La seule façon de le battre, c'est de le faire picoler la veille, et vous, d'aller vite vous coucher pour être en forme !

J'estime qu'on tergiverse trop autour du dopage. Il y a trop de procédures, trop d'excuses, trop de clémence vis-à-vis des coupables. Je parle de ceux qui absorbent volontairement des produits qui n'ont d'autre fonction que de leur fait gagner des matchs qu'ils ne gagneraient pas autrement. Je trouve que lorsqu'on attrape ce type de joueur on devrait l'exclure à vie. La sanction, une fois la faute vérifiée, avérée, devrait être radicale. Car cette faute commise n'est pas qu'une tricherie sportive. Elle entraîne des conséquences multiples. C'est un préjudice d'image causé à tous ceux qui pratiquent ce sport « proprement ». Mais c'est aussi une escroquerie financière non négligeable quand on réalise la somme de l'argent gagnée de manière frauduleuse. Moi, quand je vois Petr Korda, qui fait douze kilos tout habillé, s'enrichir sur le Seniors Tour en jouant un tennis de rêve, et que je compare cela aux efforts que je fais quotidiennement pour me maintenir en bonne santé, ça m'énerve. Quand je compare nos deux carrières, j'ai les boules. Je me suis crevé à faire mon métier. J'ai usé mon corps jusqu'à la corde, je l'ai poussé jusqu'à ses dernières limites. J'ai souffert pour cela, surtout pour revenir après les interventions chirurgicales. Je me suis privé de beaucoup de choses, même si j'ai (heureusement) pu profiter aussi un peu de la vie. Je suis passé trois fois sur le billard, j'ai souffert sur tout un tas de machines de torture pour me rééduquer... Et en face de moi j'ai un joueur qui se gagne un Grand Chelem tranquille.

Moi, je trouve que ce n'est vraiment pas comme ça qu'on va inciter les jeunes à rester « clairs » ! Ce n'est ni plus ni moins qu'une incitation à la prise de produits dopants. Pour peu qu'un jeune n'ait pas trop de morale (heureusement, en France, dans le tennis, on n'a pas la culture du dopage), ou soit influencé par de mauvais conseillers.

Cela dit, je pousse peut-être le bouchon un peu loin, car maintenant, les jeunes joueurs sont tout de même mieux préparés pour affronter les rudesses du circuit. La discipline est entrée dans les mœurs, et généralement, ils font moins la bringue qu'à mon époque. Ils vivent plus sagement, sur une période plus courte, dans l'espoir, sans doute, d'en profiter après. Plan de carrière qui n'est pas forcément une bonne chose pour le public qui avait plaisir à voir évoluer les personnalités sur une longue période de leur vie. Encore une fois, le parcours d'Agassi, toujours au premier plan près de quinze ans après y être parvenu, c'est prodigieux ! A travers son évolution, c'est toute une vie qui nous a été donnée en spectacle, c'est chouette.

Les contrôles se multiplient, mais les suspicions sont inévitables dans un monde régi par l'argent. Or, il est actuellement impossible de se faire une idée précise de la situation, même quand on est plongé dans le milieu. Il y aura toujours des gens pour faire des remarques lourdes de sous-entendus concernant l'évolution physique de ces deux champions au cours de leur carrière, mais moi, j'ai toujours l'intime conviction que leur morale ne les a pas autorisés à tricher. Cela ne m'empêche pas de rester vigilant, surtout lorsque je constate le nombre grandissant de grands athlètes américains dopés dans d'autres sports. L'amalgame est tentant, mais il ne faut pas le faire tant qu'on n'a pas de preuves formelles.

Pour l'heure, je ne vois pas d'autres solutions que de faire confiance. Faire confiance aux joueurs d'abord, dans l'espoir que la grosse majorité n'a pas recours au dopage et que les vainqueurs des tournois du Grand Chelem sont intègres. Et ensuite, faire confiance aux instances suprêmes (l'ATP, WTA, ITF) afin qu'elles luttent efficacement contre le dopage, qu'elles allègent le calendrier d'une part, et qu'elles renforcent leur action au niveau des sanctions. Et, surtout, qu'elles ne couvrent pas les contrevenants, comme cela se murmure parfois en coulisses ! Parce que, là, ce serait une catastrophe. Si un jour le public pense que tous les joueurs sont dopés, mais impunis, ce sera purement et simplement la fin du tennis. Et la fin du business qui s'est développé autour de son image de sport *clean*.

19

BJÖRN, IVAN, « MAURICE », GUILLERMO ET MOI

Björn Borg, c'est mon pote, c'est mon idole. Jimmy Connors, c'est mon idole dans le jeu, mais Björn, c'est mon idole dans l'attitude.

Mon premier souvenir de Björn Borg est très lointain. Un souvenir d'invincibilité. De force et de mystère. 1978, finale Borg-Vilas... 6-1, 6-1, 6-3. 1979, finale Borg-Pecci, en quatre sets. 1980, finale Borg-Gerulaitis 6-4, 6-1, 6-2. 1980, finale Borg-Lendl, 6-1 au cinquième set... J'étais là ! J'étais à Roland-Garros. J'ai tout vu !

Je ne me souviens pas de ses deux premières finales (gagnées) en 1974 et 1975, contre Orantès et Vilas, mais de toutes les autres, si. J'avais adoré, surtout celle contre Vitas Gerulaitis, parce que c'était son pote. Vitas, c'était l'homme qui remplaçait ses grips aux changements de côté plus vite que son ombre ! Ses longs cheveux blonds ondulés, son regard si caractéristique, son jeu à la Las Vegas, flamboyant, sa Rolls jaune... Un joueur totalement atypique, différent des autres, très gentil, généreux. Il est mort dans une chambre, des suites d'une asphyxie due à un système d'air conditionné défectueux. Il figure en bonne place dans mon Panthéon personnel, à la hauteur de Monsieur Ilie Nastase. Nastase, un génie ! C'est avec lui que j'ai commencé à m'éclater en double. Notre père à tous.

Borg, pour moi, c'était un mythe vivant. A l'époque, j'aimais tout à Roland-Garros, je courais partout. Je connaissais chaque recoin du stade et chaque couloir souterrain du Central. J'étais à l'affût de tout. Je me souviens d'un match d'anthologie, Nastase-Teltcher sur le court n° 5, aujourd'hui disparu. J'avais quatorze ans... Avec les copains, on allait dans les vestiaires, on piquait les chaussures que les grands joueurs laissaient par terre. C'était le début des Nike. Les Nike de Geru, c'était une relique ! Des bijoux ! Des œuvres d'art ! On découvrait le « slach » (le sigle Nike), on trouvait ça magnifique. Alors on les chaussait, et puis on allait taper des services. Moi, j'imitais les services de Nastase, les attitudes de Borg, les mimiques, les expressions de mes joueurs préférés. Je m'amusais à être eux. Ça m'éclatait, on riait, on faisait les cons...

En 1980, j'ai même eu l'honneur de succéder à Borg, sur le Central, pour y disputer (et gagner), devant plus de dix mille personnes, la finale des Internationaux Juniors. C'est la première, et seule fois je crois, que la finale des juniors a eu lieu sur le Central, le jour de la finale des hommes. Les organisateurs nous l'ont dit à la dernière minute. Au début, j'étais pétrifié, et puis brusquement – l'inconscience de la jeunesse ! – j'ai bondi. J'étais fier comme un pape, et nullement impressionné par le public, finalement. J'ai fait comme s'il n'était pas là. J'ai super bien joué pour remporter le match face au futur champion du monde junior, Alberto Tous. Mon premier titre important, mes premiers contacts avec une foule.

Trois ans plus tard, j'allais me retrouver en face de Borg dans des circonstances extrêmement étranges puisqu'il s'agissait de ses adieux.

C'était au tournoi de Monte-Carlo, au printemps 1983. Au premier tour, j'avais battu Chip Hooper, un immense Black américain, tandis que Bjorn avait éliminé José Luis Clerc, alors classé parmi les tout premiers mondiaux. Clerc s'était liquéfié de trouille devant la « Légende vivante ». Il devait sûrement ne pas vouloir être celui qui enverrait Borg à la retraite !

Je me souviendrais toujours de ce jour-là. J'étais encore habillé en Ellesse, j'étais complètement chien fou, surexcité, transcendé par l'événement, mais pas gêné d'essayer de le battre. Au contraire, je la voulais cette victoire. Je n'ai pas cessé de faire service-volée. Nous avons fait une partie extraordinaire que j'ai fini par remporter au tie-break du troisième set. Sur le coup, je ne me suis pas rendu compte que j'avais fait quelque chose qui resterait gravé sur les tablettes : interrompre la carrière de Björn Borg, sur le court même où cet immense champion s'était révélé quelques années plus tôt ! D'autant qu'en 1983 c'était encore l'époque où je l'appelais... « Monsieur ».

Après seize mois d'absence, Björn a tenté un come-back, à Sttugart, sur terre battue. Et devinez sur qui il est tombé, au premier tour ? Moi ! Je croyais que c'était une blague lorsqu'on m'a annoncé le nom de mon adversaire ! Pas de chance, j'étais en super-forme. Je venais d'« exploser » Lendl en Coupe Davis, à Hradek

Kralove, dans la campagne tchèque, et j'ai foncé comme un obus à travers tout le tableau, pour remporter mon deuxième tournoi, en battant Gene Mayer en finale.

Mais c'est bien plus tard, sur le Seniors Tour, que j'ai vraiment fait la connaissance de Björn Borg. On le disait froid, naïf. Il est tout à fait le contraire. Chaleureux, et très malin. Mais sa vie, à Björn, elle est facile à résumer : « D'abord, je bosse, je bosse, je bosse [...] J'arrête. Et puis, je sors, je sors, je sors [...] J'arrête. Et enfin, je me mets à vivre normalement. » Enfin à peu près normalement, car Borg, c'est un extrémiste du quotidien, un peu comme Yann. Ils sont pareils tous les deux, aussi cohérents dans une position que dans son contraire. Il faut voir Yannick jeûner, c'est impressionnant. C'est à peu près aussi impressionnant que lorsqu'il décide de se lâcher vraiment dans une soirée !

Borg et moi avons commencé à sympathiser, non pas en évoquant le bon vieux temps, mais au contraire, en s'échangeant des nouvelles sur ce que nous étions devenus, ce que nous aimions, nos femmes, nos enfants... Et puis la fête, bien sûr ! Borg adore la magie de la nuit. Il adore sortir, faire de vraies virées jusqu'à point d'heure, à la suédoise. Les Suédois n'ont pas leur pareil pour se déchirer le soir au Gin To et ne rien en laisser paraître le lendemain matin.

Un jour, je l'ai même interviewé, Björn, pour une émission sur ESPN Classics, chaîne avec laquelle j'aime bien collaborer. Un peu de nostalgie ne peut pas nuire ! Je voulais connaître le secret de sa réussite, alors je lui ai demandé de me le donner, tout simplement. En substance, voici ce qu'il m'a répondu : « Quand tu choisis de faire quelque chose en considérant que c'est ce qu'il y a de plus important dans ta vie, tu dois t'y préparer exclusivement, et tout mettre en œuvre pour bâtir ton succès. Rien ne doit te retarder, ou te faire dévier de ta route. C'est simple : tu décides, tu agis. » A travers le récit qu'il m'a fait de sa vie, j'ai compris aussi que les Suédois n'avaient pas la même philosophie du sport que nous. En comparaison, nous, Français, avons une chance extraordinaire. Notre qualité de vie, l'atmosphère qui règne presque partout en France, notre culture, notre art de vivre, notre climat nous procurent infiniment plus d'agréments. Mais de ces avantages résultent des tentations qui risquent de nous détourner de nos ambitions. Tandis que lorsque vous restez des mois sans voir la lumière, votre motivation pour vous faire une place au soleil est inamovible.

Quand je pense à des joueurs comme « Chesno », Andreï Chesnokov, qui est de ma génération, j'éprouve un profond respect ! Ce que j'avais, moi, à ma disposition pour progresser, et ce que lui avait ! C'est dingue ! Absolument dingue ! Au début, il n'avait pas de balles, pas de courts, pas de coach, pas d'argent, pas de cordages, et les mecs du KGB sur le dos vingt-quatre heures sur vingt-quatre : pas le droit de téléphoner, pas le droit de prendre l'avion, pas le droit de garder son passeport, pas le droit d'aller d'une ville à une autre sans repasser par Moscou, pas le droit de garder ses *prize-money* ! Jusqu'en 1989, date du début de la Perestroïka. Quand je pense que moi, à la même époque, je râlais parce que le petit déj' n'était pas servi à l'heure, ou que la serviette dans mon palace n'était pas placée au bon endroit ! Et je n'étais pas le seul ! Des générations plus tard, l'état d'esprit n'a pas profondément changé. Nous sommes très (trop ?) gâtés et nous ne nous en rendons pas compte. Je ne voudrais pas jouer au vieux con, mais j'encourage les jeunes à ne pas tomber dans le panneau du confort à la française. Je leur conseille, à l'inverse, de rechercher un peu la difficulté, la lutte avec les éléments contraires, parce que c'est à travers des efforts de tous les jours qu'on s'endurcit. Je ne dis pas qu'il faut dormir sur une planche à clous et se mettre au pain sec, mais je pense que c'est mieux de ne pas trop s'embourgeoiser tant qu'on est en pleine carrière. Il n'est pas mauvais de s'inspirer un peu de ceux qui, en raison de leurs origines sociales ou culturelles, doivent surmonter des obstacles importants. Parce que à l'heure de vérité sur le court, à 6-6 au tie-break du dernier set, c'est souvent celui qui en a le plus bavé qui trouve le courage de conclure.

Un joueur comme Lendl, par exemple, m'a beaucoup inspiré. J'ai énormément appris de lui, grâce à Wojtek Fibak, qui fut son coach avant d'être le mien. Lendl m'a appris une forme de dureté au travail. Il m'a ouvert des horizons. Avant de le côtoyer, j'avais parfois l'impression que le tennis c'était d'abord et avant tout un jeu de balle, et que le reste était secondaire. Avec lui, j'ai compris que le tennis, c'était bien plus que ça. C'est un ensemble comprenant plusieurs paramètres aussi importants les uns que les autres, ou plutôt, devant fonctionner ensemble : le physique, le mental, la stratégie, la technique, la vie personnelle en harmonie avec la vie sur le court...

Je n'irais pas dîner avec Lendl tous les soirs, mais franchement, cela me ferait vraiment plaisir de le revoir et de discuter longuement avec lui. Il est l'un des rares anciens joueurs à ne plus fréquenter du tout le milieu, le seul grand peut-être puisque Jimmy Connors, un moment disparu, a fait sa réapparition à l'US Open 2003, avec conférence de presse et cérémonies commémoratives pour l'ensemble de son œuvre, à New York.

Que Lendl ne souhaite pas revenir sur le circuit ne m'étonne guère. Il n'y avait pas d'amis, juste des relations de travail. Il s'est tellement consacré à son jeu que, une fois sa carrière terminée, il nous a, à tous, tourné le dos. Quoi de plus normal ? Il vit aux Etats Unis. Ne donne aucune nouvelle. Il s'est lancé dans le golf. Il paraît qu'autour de lui tout marche encore à la baguette. A 6 h 02, il salue sa première fille, à 6 h 12, la deuxième, puis à 6 h 22, la troisième, et ainsi de suite. A 9 h 53, il donne à manger à ses cinq bergers allemands, à 9 h 59, il part faire son heure et demie de footing... Non, je blague ! Je ne sais pas du tout comment il vit, mais cela ne m'étonnerait pas qu'il en soit ainsi...

Ivan, c'était le champion méthodique dans toute sa splendeur. De l'extérieur, cela peut paraître un peu chiant, mais quand c'est fait avec une telle passion, une telle détermination, un tel engagement, moi, je fais chapeau bas ! Je suis bluffé par la carrière et la personnalité d'Ivan, et mine de rien, je crois qu'il fait partie de ceux qui ont contribué le plus à l'évolution du tennis. C'est à lui qu'on doit la dimension physique du jeu. Quant à sa personnalité, elle n'était pas engageante, certes. Il n'était pas avenant, mais il était super-original, intelligent et, contrairement aux idées reçues, très gentil, aimable... avec ceux qu'il appréciait. Ils étaient relativement peu nombreux, mais j'en faisais partie. Moi, je l'aimais surtout parce qu'il était atypique. Yannick ne pouvait pas l'encadrer parce qu'il était tout son contraire : pas drôle, un peu fébrile, mais constant dans l'effort. En plus, moi, j'adorais son jeu. Je veux dire que j'adorais le rencontrer. Je kiffais les matchs contre lui, parce qu'il avait un jeu parfait pour me faire briller. Il frappait fort, mais en respectant des schémas que je connaissais par cœur. Je savais exactement où il allait jouer, comment il chercherait à me passer, et cela me permettait d'anticiper. Longtemps, je lui ai mis de belles branlées. Dommage que je n'aie pas pu trouver les ressources pour battre Michael Pernfors en demi-finale, à Roland en 1986, qui n'était alors même pas classé parmi les têtes de série (!), car j'aurais alors retrouvé Ivan en finale, et là, j'aurais sûrement eu moins peur que contre Wilander deux années plus tard. Wilander qui, ainsi que je l'ai dit si « élégamment », possédait l'art de me faire mal jouer.

Un autre joueur qui a énormément compté pour moi se nomme Monsieur Boris Becker. Il a quatre ans de moins que moi. Je l'appelle volontiers « Maurice », pour rigoler, ou encore « Jésus ». On dirait qu'il marche sur l'eau, et il a toujours une demi-douzaine d'apôtres autour de lui, où qu'il aille, depuis toujours, et même encore maintenant qu'il vit en Suisse. Parfois même, je l'appelle « God », car il se place volontiers au-dessus des autres, dans sa façon d'être. Et de là-haut il contemple le commun des mortels. Moi, j'aime la notoriété et je ne cherche pas à cacher le plaisir qu'elle me procure, mais il s'agit d'un plaisir tout simple. Un petit signe, un clin d'œil, une corbeille de fruits dans ma chambre, suffisent largement à mon bonheur. Tandis que Boris, ce qu'il apprécie, c'est également la notoriété, mais alors, avec une mégamise en scène, des effets spéciaux, son dolby, et une foultitude de figurants ! Il ne se déplace pas sans un secrétaire, un *sparring* (partenaire d'entraînement)... Un vrai show. Il faut dire qu'en Allemagne c'est chaud pour lui. Là-bas, c'est un dieu vivant, mais un dieu controversé, qui charrie des tonnes de sentiments exacerbés, sur fond d'affaires de cœur et de prises de position politiques. M. Becker est quelqu'un qui s'implique politiquement, défend des causes... Il est partout et nulle part, tout à tour adulé et rejeté. Un coup tout en haut de l'affiche, en superstar, un coup dans la rue, accroché aux bras des manifestants, en première ligne. Pas simple. Alors comme il n'est pas simple lui-même, ça se complique toujours un petit peu.

Boris, c'est le plus adorable des mecs, mais aussi le plus complexe de tous les anciens (il y a peut-être un match avec McEnroe). Un gars comme Borg, il arrive comme une fleur à un rendez-vous fixé à l'avance. Yannick, pareil, comme une fleur aussi, avec à peine une heure de retard, en sandales et tenue indienne, mais il arrive. Boris ? Ouh, là, là ! ! !

« Maurice », je l'adore, et il me le rend bien. Je sais qu'il a énormément de respect pour moi. Il l'a déclaré plusieurs fois dans des interviews. Il a dit : « Henri, c'est quelqu'un qui a beaucoup apporté au tennis, et pas seulement en France, mais aussi beaucoup en Allemagne et en Angleterre, où les gens l'adorent parce qu'il savait véhiculer des émotions et faire passer quelque chose. Henri, il m'a aidé quand j'étais gamin. J'ai beaucoup joué avec lui. Il a grandement contribué à ma carrière. »

Et c'est vrai que, durant une longue période, nous nous sommes entraînés ensemble, sous le contrôle de Ion Tiriac.

Ion a prolongé longtemps avec Boris le travail qu'il avait entrepris avec moi, avant de me laisser tomber quand je me suis marié avec Brigitte. Ion avait repéré le talent du môme. Il était allé voir les parents. Il leur avait dit qu'il pouvait faire de grandes choses pour leur enfant, mais à condition de tout contrôler. Exactement comme il l'avait fait avec les miens auparavant. Et les parents de Boris ont accepté, comme les miens l'avaient fait. Je ne remercierai d'ailleurs jamais assez mon père et ma mère d'avoir été aussi clairvoyants. Pas évident que sans Ion j'eusse été aussi fort ! C'est valable pour les autres joueurs que Ion a pris sous son aile : d'abord Ilie Nastase, puis Guillermo Vilas avec lequel il était quasi associé, moi, Boris Becker, Goran Ivanisevic, Marat Safin... Il avait le don pour découvrir le joueur « complet » : ultra-doué techniquement, doté d'une forte personnalité, mais discipliné ; capable d'engranger beaucoup de travail, gros charisme auprès du public et particulièrement des femmes ; et surtout, surtout... doté d'un gros, très fort potentiel économique. L'argent pour Ion est prioritaire. Il place des sentiments dans les relations qu'il entretient avec les joueurs, c'est vrai, et je pense que, d'une certaine manière, il nous a tous aimés parce qu'on l'a fasciné par notre manière de jouer au tennis, mais d'abord et avant tout, M. Tiriac se disait :

« Tiens, voici un gars avec lequel JE vais gagner des millions. » Ion est un homme d'affaires avant d'être un homme tout court. D'ailleurs, bien qu'il soit distingué et cultivé, Ion est plus « ours » qu'humain, ce qui n'ôte rien à la reconnaissance et au respect que j'éprouve à son égard.

La première fois qu'il m'a vu, c'était à Roland-Garros, il a flashé sur mon bras gauche. Il m'avait demandé : « Eh, gamin, est-ce que tu veux t'entraîner avec " nous " ? » « Nous », en 1982, c'était le déjà mythique et mystérieux « tandem Vilas-Tiriac ». Du temps où Tiriac, défiant les règles en vigueur dans le tennis qui interdisaient le coaching, faisait des signes cabalistiques avec ses mains, assis devant le court, avec un visage fermé et inquiétant. Et tout le monde essayait de déchiffrer ce que seul Vilas comprenait ! C'était génial ! Selon la position de ses doigts, Tiriac indiquait : « Bouge tes jambes », « Avance ! », « Fais des ronds », « Prends tous les risques », « Colle au filet »...

Guillermo était gaucher. Il était en rivalité avec Borg, mais aussi avec Connors, qui était gaucher comme lui. Et comme moi. Je leur ai dit « oui ». Mes parents aussi. Nous étions en bisbille avec la Fédération. J'avais été viré parce que j'étais trop « doué ». En fait ingérable, inclassable, impossible à faire rentrer dans le moule. J'étais un peu le petit Cantona avant l'heure ! Ion a dit à mes parents : « Je veux bien m'occuper d'Henri, mais il faut me le confier à 100 %. » Ils ont accepté le deal et je me suis mis à faire des progrès hallucinants. Il m'a fait bosser comme personne auparavant. Il m'a structuré. Il m'a appris la notion de dépassement de soi-même à l'entraînement. A aller au-delà des limites qu'on s'autorise sciemment. Au-delà de ce que l'on se croit capable de faire. C'était le credo de Ion : se connaître soi-même, se découvrir dans l'effort. Avec lui, je jouais huit heures par jour, sans jamais me blesser. Je mangeais des sandwichs sur le terrain pour gagner du temps. Je ne me lassais jamais de frapper dans la balle, de courir partout. Je n'avais jamais de crampes. J'allais au-delà, en effet, mais en souplesse, graduellement. Presque sans m'en apercevoir. En fait, je ne m'en apercevais que le soir, quand je me mettais au lit : j'étais mort ! Et le matin, ça repartait. C'était extraordinaire pour moi, cette expérience ! Vous imaginez ? Aujourd'hui, Richard Gasquet, dans l'intimité d'Agassi, Dédé lui confiant tous ses secrets, le poussant chaque jour un peu plus ?

En plus, Ion ne s'est pas contenté d'influer sur ce qui se passait sur le court, il m'a aussi forgé comme il sentait que je voulais l'être, comme un Monsieur. Il m'a tout appris du luxe, des bagnoles, de la mode, des beaux accessoires, tous ces petits rien qui font le charme d'une vie un peu à part et qui plaisent aux femmes. Si je m'écoutais, je lui ferais un procès, à Ion ! C'est sur ces découvertes-là, finalement, que j'ai bâti toute mon existence ! Je plaisante, bien entendu. Je n'ai nul regret de ce côté-là, bien au contraire. J'ai vécu grâce à lui, et grâce à Vilas, une des périodes charnières de ma vie les plus exaltantes.

Poète dans l'âme, Guillermo était d'une gentillesse incroyable avec moi, alors que d'emblée je l'avais bousculé. Dès notre premier entraînement qui devait durer dix minutes, je l'avais mis à dix mètres en retour grâce à des services hallucinants. Il avait accusé le coup, mais ne m'en avait pas voulu du tout. Comme il ne m'en voulait pas quand j'intégrais un conseil de Ion en trois secondes, alors que lui s'acharnait deux heures durant pour la même acquisition. Il avait d'autres qualités, comme le prouve son impressionnant palmarès. Un palmarès qui fait de lui une grande star en Argentine. Mais il le mérite, tant sportivement qu'humainement. Je lui dois tellement. Je lui dois même une raquette : la fameuse Head Prestige qui a connu un succès commercial colossal. C'est lui qui l'avait mise au point techniquement, avec Ion et les ingénieurs de la marque, pour moi, parce que avec le modèle que j'utilisais quand je l'ai rencontré, je cassais environ huit raquettes par jour !

Guillermo... J'ai tant de souvenirs avec lui. C'était le *latin lover* dans toute sa splendeur. Eternel admirateur des jeunes femmes, il aimait sortir, charmer et faire la fête, mais qu'on se rassure, dans le boulot, il était intraitable.

L'année de mon permis de conduire, Guillermo avait une *love affair* avec Caroline de Monaco. Ils étaient sans arrêt poursuivis par des paparazzi. Un jour, nous avons échangé nos voitures après un entraînement. C'était une idée à moi. Je dis à Guillermo : « Tu prends ma 104 et tu vas chez moi, et moi je prends ta Porsche et je vais chez toi. Et puis on se retrouve chez l'un ou chez l'autre, une fois qu'on les aura semés. » OK. Je démarre en trombe de Roland-Garros, poursuivi par la meute de photographes qui me rattrapent au premier feu rouge de Boulogne. Et là, je baisse ma vitre et je leur fais : « Coucou ! C'est pas moi ! »

20

BLONDES, JE VOUS AIME

Certaines femmes ont un tel besoin d'avoir un contact avec une célébrité qu'elles sont prêtes à tout. Mais vous ne pouvez jamais prévoir comment elles vont réagir si vous les repoussez après avoir eu une aventure, ou même avant. Peut-être vont-elles brutalement vous jeter leur sac à main à la figure ? Ou bien fondre en larmes, inconsolables ? Pousser des hurlements ? Vous insulter ? Se mettre en danger ? Il faut agir avec tact pour éconduire une personne sans la blesser dans son amour-propre. Pas toujours évident ! D'autant que lorsqu'on est joueur, on a vraiment tout pour attiser le désir, et faire fantasmer les plus rêveuses jusqu'à la folie : un physique au top (car il faut savoir que quand on est joueur, les femmes nous voient beaucoup plus beaux que nous sommes, c'est comme ça !), la gloire, la scène, l'incertitude du succès qui rend l'air électrique parce que l'attente du succès se déroule en direct, et devant une foule et des caméras (c'est encore pire en F1, où les pilotes mettent carrément leur vie en jeu), l'argent facile, les passe-droits, les privilèges, le rythme : tout va très vite, devant des gens qui, eux, restent sur place à vous regarder. C'est exaltant pour qui n'a pas l'habitude. Il n'y a qu'à se laisser aller pour profiter de tout cela. Pour certaines femmes, c'est le paradis.

Quand on est joueur, on peut rencontrer facilement toutes sortes de femmes. Il y a celles qui tombent vraiment amoureuses de vous et rêvent de vous épouser ou de devenir votre maîtresse attitrée. Si vous avez le malheur d'accepter de faire un bout de chemin avec elles, même sans rien leur promettre, elles vous casseront les pieds jusqu'à ce que vous les quittiez, faute d'avoir pu vous engager, et vous traiteront de salaud, ou d'immature.

Il y a aussi la catégorie « collectionneuses », qui rêvent de se pendre à tous les bras, pourvu qu'ils appartiennent à une personne célèbre. Ce sont des croqueuses d'hommes, des *star-fuckers* ainsi qu'elles sont surnommées, qui vous aiment uniquement lorsqu'elles ont des regards ou un objectif braqués sur elles. Je me demande si certaines ne tiennent pas des livres de comptes, ou bien des albums genre Panini... « Alors, Henri Leconte, c'est fait, Boris Becker, c'est fait... » On se sent alors dans la peau d'un « homme-objet », sensation fort désagréable. D'autant plus désagréable que j'ai une sensibilité féminine assez développée. Dès mon plus jeune âge, on m'a prêté des relations avec des tas de filles : de Gabriela Sabatini à Sophie Marceau, en passant par Andrea Temesvari, mais je n'ai jamais rien fait avec elles. A peine des petits bisous, et encore !

Cela ne veut pas dire que je ne me suis pas éclaté, mais chaque fois que j'ai eu des relations sexuelles uniquement pour le sexe, je l'ai regretté aussitôt. J'ai toujours été de ceux qui espéraient que la fille allait partir au plus vite, surtout ne pas s'incruster jusqu'au petit matin.

Je ne trouve pas que cela soit si difficile d'être fidèle. C'est même le contraire qui me paraît étrange : coucher avec une fille alors que j'en aime une autre ! D'abord, je ne pourrais pas le cacher. Cela se verrait sur ma gueule.

Si vous êtes bien avec une personne, pourquoi lui faire de la peine ? Pourquoi ne pas profiter de ce qui vous unit ? Bien sûr qu'elles existent les tentations, mais si vous commencez à mentir, vous êtes fichus, vous ne pouvez plus revenir à ce qui compte par-dessus tout dans une histoire d'amour : la confiance, la pureté des sentiments, la découverte de l'autre. En plus, je ne suis pas du tout pantouflard, j'adore sortir avec « ma » femme. J'adore passer la nuit dehors avec elle à mon bras. Tomber sur des copains, changer d'endroits, dîner avec certains amis quelque part, en retrouver d'autres ailleurs, mais toujours en se concertant, en suivant l'itinéraire de nos plaisirs communs. Je trouve ça génial ! Et c'est ce que je vis actuellement avec ma fiancée, Florentine. Ce qui ne nous empêche pas, quand nous nous retrouvons tous les deux, de vivre tout simplement, comme tous les amoureux.

Ce n'est pas parce que je fréquente des milieux branchés que j'ai des goûts pervers. Bien au contraire : je n'ai jamais fait des trucs à plusieurs, partouzes et Cie.

C'est peut-être mon côté « gamin » qui m'en empêche, mon côté fleur bleue. On est tous pareils, nous les hommes : à l'extérieur, on fait les malins, genre « C'est moi le taulier », mais à la maison, quand on est vraiment amoureux, on se fait plus tendre : « Ça va, mon amour ? »

Ce sont les femmes qui nous mènent par le bout du nez, c'est vrai, il faut arrêter de prétendre le contraire ! La seule façon de garder son libre arbitre, ce serait de vivre seul. Je connais des hommes qui ne se l'avouent pas, et même certains qui, en toute bonne foi, estiment vraiment que dans leur couple les décisions sont prises à cinquante-cinquante. Mais j'insiste : les femmes font des hommes ce qu'elles veulent ! Ce sont elles qui décident de tout ! Elles sont infiniment plus malignes, pragmatiques que les hommes. Nous sommes plus spontanés, beaucoup moins terre à terre, inconséquents, surtout quand on est amoureux. Une femme ? Elle a toujours un coup d'avance. Alors qu'il savoure le présent, elle est déjà projetée dans le futur. « Nous ferons ceci, nous ferons cela... » dit la femme amoureuse. « Si tu veux, répond l'homme amoureux. Nous verrons... » En fait, la plupart du temps, il arrive ce que la femme avait projeté pour le couple.

Une femme ne peut pas s'empêcher d'inscrire ses sentiments dans tout un contexte logique – logistique, je dirais presque – où chaque chose a un sens, chaque jour apporte de l'eau à son moulin. Et il faut que le moulin tourne. Et tourne bien. Pas question de rester uniquement dans l'instant, juste pour voir où cela mène. Une femme, même sincèrement amoureuse, et pas forcément calculatrice, passe son temps à échafauder des plans pour organiser le bonheur, pour optimiser l'amour. Si je reste persuadé que derrière un grand homme il y a toujours une grande femme, je pense aussi qu'une femme qui a décidé de faire passer un homme par un trou de souris parviendra tôt ou tard à ses fins. Alors qu'un homme, non. D'abord, parce que l'idée de faire passer une femme par un trou de souris ne lui traverserait peut-être même pas l'esprit !

Plus une femme tient à son projet, à son histoire, plus elle fera de concessions au début, mais plus elle vous le fera payer à la fin ! Ce n'est même pas un reproche, c'est une constatation. Et qu'on ne me traite pas de misogyne, car s'il y a bien un homme qui connaît, qui aime et respecte profondément les femmes, c'est moi !

Mais j'ai souvent eu le sentiment d'être manipulé par les femmes. Je n'ai que rarement éprouvé l'impression que c'était moi qui détenais les clés du camion. Ou quand c'était le cas, c'est que je n'étais pas amoureux. Pour moi, l'amour est une sorte de jeu qui s'apparente au Monopoly. J'échange une nuit d'amour contre une journée à la plage... Je te donne un souvenir contre une promesse, je te fais un serment, si tu m'offres un baiser... C'est mignon, ou bien tendre, mais cela peut prendre parfois des allures de grande foire au troc. Je te séduis, tu me séduis, je te fais peur, tu me fais du bien. J'arrive, je ne viens pas... Un mot de travers, un malentendu, et ça part dans un délire, puis on se retrouve, pour se perdre à nouveau...

On jure qu'on veut rester célibataire, et on appelle toutes les deux minutes, suspendu comme un idiot à son téléphone portable. C'est beau l'amour ! Sauf que, à quarante ans maintenant, j'ai envie de construire quelque chose de durable. Quand j'avais vingt ans, je m'en foutais. Je me disais : « Si ça ne marche pas comme ça, tant pis, j'essaierai autrement ! »

Si j'ai connu beaucoup de belles femmes dans ma vie, j'ai aussi traversé quelques déserts bien arides. Sans femme, je perds facilement le nord. Comme un enfant abandonné. Je ne suis alors que l'ombre de moi-même. J'ai besoin non seulement d'une femme à mes côtés, mais d'une femme de caractère, atypique, décidée. En tout cas tout, sauf niaise. Plutôt une « maîtresse-femme », dans tous les sens du terme : qui m'apprenne les choses que j'ignore et me fasse progresser, qui canalise mon énergie, tout en étant douce, et aimante. C'est bête à dire, mais j'ai envie de femmes qui, en public, aient des « couilles ». Mes épouses en avaient : Brigitte était à l'aise dans les arcanes du pouvoir, comme Marie Sara quand elle s'en allait tuer les taureaux. Florentine, en raison des épreuves qu'elles a surmontées et de l'ambition qu'elle a pour moi, en a aussi. D'où vient ce besoin chez moi ? Je l'ignore. On pourrait penser que je cherche à reproduire le couple formé par mes parents ? Je ne le crois pas. Je me suis simplement dit : les gens me prennent pour un con, mais avec une femme aussi forte à mon bras, peut-être qu'ils me respecteront davantage ?

J'avoue que j'ai une forte attirance pour les blondes. Pour moi, la blondeur d'une chevelure de femme, c'est le symbole de la pureté, de la classe, de l'élégance, de la force. Une femme blonde dans une assemblée m'attire toujours beaucoup plus qu'une brune – dont je ne remarquerais peut-être même pas la présence, même si elle est jolie. La femme blonde parle à mes sens, titille mes souvenirs d'ado, incarne mon idéal féminin. Que les brunes me pardonnent !

C'est d'ailleurs extrêmement dangereux pour moi, car je peux m'emballer très vite pour une belle blonde. En tant que joueurs, nous attirons en plus des femmes qui savent se mettre en valeur, tout en se mettant en danger pour nous séduire. Elles aiment l'extravagance, les surprises, ne s'étonnent de rien. Les plus habiles vous suivent dans vos délires avec le plus grand naturel. Vous vous sentez en harmonie avec une autre extraterrestre. Divine sensation. J'ai beau avoir connu bien des désillusions, savoir exactement comment cela se passe, je crois que toute ma vie je serai sensible aux prémices de l'amour. On est devant un feu, rêvant de l'âme sœur. On est bien, mais soudain, on a envie d'avoir encore un petit peu plus chaud. Comme on est impatient, on verse quelques gouttes d'huile, pour augmenter la chaleur. Le feu prend l'ampleur que l'on imaginait. Des gens, attirés par la chaleur et la lumière, approchent et vous entourent gaiement. Parmi eux, une femme se détache. Vous êtes fasciné, mais votre regard se pose sur le feu qui décline. Alors, tout en regardant toujours la fille, en cherchant à communiquer avec elle, vous remettez de l'huile. Mais un peu trop, un peu vite, sans doute. Le feu prend des proportions démesurées. Vous avez peur, vous êtes dépassé, mais excité à la fois. La fille est là, qui semble ne pas s'en soucier. Vous commencez à sentir le danger, à suffoquer. Pas mal de gens vous ont mis en garde, mais sont partis, vous laissant seul, avec la fille. « On t'avait prévenu », vous diront-ils après l'incendie... Vous, vous rêviez de paradis, Adam et Eve. Ça crame partout, comme en enfer. D'ailleurs, c'est l'enfer !

J'ai toujours dépassé les limites, parce que j'ai toujours voulu partager avec quelqu'un ce qu'il y avait à prendre de l'autre côté de la banalité.

Avec mon cœur d'artichaut, j'ai trop souvent l'impression que je me trouve avec la femme idéale, dans l'endroit idéal. Heureusement, il y a un signe que je sais reconnaître, c'est lorsque la femme qui m'a choisi va trop loin, trop vite. Alors là, j'étouffe et je me libère à temps.

21

LE JOUR DES ADIEUX, ET JUSTE APRÈS

Après l'épisode enthousiasmant du « Vengeur masqué », en 1992, j'aurais pu envisager de prendre ma retraite, même à vingt-neuf ans seulement. Mon dos était en miettes, je le savais, et j'avais surtout obtenu, à l'issue de ce parcours à Roland-Garros jusqu'en demi-finale, l'assurance d'avoir reconquis mon public. Cela aurait été assez classe d'arrêter sur une bonne note, mais bon, c'était plus fort que moi, je voulais continuer à y croire encore un tout petit peu.

Quand vous avez commencé très tôt, et dédié toute votre vie à un sport, c'est très douloureux de s'en aller comme ça, même quand tout vous y invite. C'est que, je vous l'ai dit, je n'ai pas fait mon deuil ! Je sens que je vais le faire bientôt, qu'il faut le faire, mais à l'heure de ces quelques confidences, c'est vrai, le joueur que j'étais est toujours très présent en moi. Et plus j'entends dire « c'était mieux avant », et plus la démarche est difficile.

Au début des années 90, j'avais l'impression que le tennis était ma seule famille, que j'allais être abandonné sur le bord de la route, et que je n'aurais plus jamais rien de comparable. J'étais dans la spirale d'un sport usant mentalement certes, où vous montez, vous descendez sans cesse, mais qui présente toutefois un avantage considérable pour les grands gamins que nous sommes. Tel qu'il est organisé, le tennis nous permet d'égrener notre vie par petites tranches d'une semaine, autant dire qu'il n'y a rien de plus facile que de remettre à « après le tournoi de la semaine prochaine » la corvée qui vous attendait avant ! Et la perspective de se mettre à mener une existence « normale » n'était pas du tout matière à réjouissance.

J'aurais dû arrêter en 1995, mais je n'ai pas pu m'y résoudre, car j'étais blessé pour Roland-Garros. Or, je tenais absolument à faire mes adieux à la porte d'Auteuil, parce que c'est là que j'avais vécu les moments les plus forts de mon existence, Lyon mis à part.

J'ai donc joué un petit peu les prolongations jusqu'en 1996 où mes adieux se sont déroulés d'une façon tout à fait chaleureuse et spontanée. Physiquement, je n'étais pas au top-top-top, mais j'étais tellement heureux d'être là, au premier tour, sur le Central, même face à un joueur beaucoup plus fort que moi, le Suédois Thomas Johansson. Je n'avais rien prévu de spécial, mais à la fin, je me suis dit : Attends ! Je ne vais pas les quitter comme ça ! Sans leur dire un mot, je ne sais pas quoi, mais quelque chose de vrai, je ne peux pas partir comme un voleur ! Je demande un micro : « Non, pas de micro... Allez, il faut dégager, il y a un autre match ! » Un peu désemparé, j'aperçois celui de la chaise d'arbitre. J'ai gravi les marches, et voilà, j'ai ouvert mon cœur, sans réfléchir. Les mots sont sortis tout seuls : « En 1988, il s'est passé un truc, on ne s'est pas bien compris... C'est un peu ma faute... Je dis adieu au tennis, je dis adieu à vous... C'est un peu comme une histoire d'amour. On se quitte à présent. Moi, je suis très triste et malheureux, mais je ne vous oublierai jamais. J'ai vécu des moments extraordinaires grâce à vous, et voilà... Je me souviendrai toute ma vie de ce jour où je vous ai dit au revoir. »

Mes paroles ont provoqué un élan de gentillesse et de sympathie incroyable. Je savais que je resterais dans le tennis d'une manière ou d'une autre. Mon job de consultant à France Télévisions m'attendait dès le lendemain, et le président de la Fédération, Christian Bimes, m'avait proposé de m'occuper du développement du mini-tennis en France.

J'étais plus ou moins sous le choc, mais les gens me disaient : « Allez, Henri, ne pars pas ! On t'aime ! »

Depuis 1991, ma cote d'amour n'avait cessé de croître, mais en fin de compte, je n'avais pas réalisé à quel point les gens tenaient à moi. En ce jour d'adieu, vraiment c'était clair, ils me l'ont fait savoir. C'est toujours pareil ! Dans la vie, on ne se rend jamais assez compte de ce que l'on a, car l'herbe est toujours plus verte dans le jardin d'en face. Et puis dans le tennis, c'est un grand classique du genre, il y a souvent un regain d'affection pour le champion qui approche de la sortie. Tout à coup, réalisant qu'ils ne le verront plus jamais, qu'une page de leur propre vie est en train de se tourner, les amateurs se mettent à aimer follement le joueur avec qui ils n'étaient pourtant pas tendres quelques années plus tôt. Cela a été vrai pour Connors et McEnroe, ou même avec Lendl, et Sampras, et plus près de nous, avec Cédric (Pioline).

Un mois plus tard, je disputai, à Rosmalen, mon dernier match officiel, face au Danois Kenneth Carlssen, mais sans la moindre émotion cette fois. Mes vrais adieux ont bien eu lieu sur le Central de Roland-Garros, là où tout avait commencé, par une victoire en juniors en 1980, c'est vrai, mais, plus exactement, par ma première victoire en Coupe Davis, deux ans plus tard.

C'était mon rêve de jouer en équipe de France, et je m'étais retrouvé, sur un Central de Roland écrasé par la chaleur estivale, pour un quart de finale face aux Tchèques. Ce fut l'occasion de disputer mon premier double, alors que les deux équipes étaient à égalité 1-1. Yannick et moi nous imposâmes en quatre sets, face à Slozil-Smid, une des équipes les plus cotées de l'époque. Comme je suis très sensible, et que je n'avais pas encore appris à retenir mes larmes, je m'étais laissé totalement submerger par l'émotion à la fin. J'avais chialé longtemps dans ma serviette, comme un enfant, sanglotant sur ma chaise. Jean-Paul Loth essayait bien de me réconforter, mais il m'était impossible de m'arrêter. C'était tellement fort ! Et très touchant, je pense, sur l'instant. Mais plus tard, j'ai compris que montrer trop d'émotion finit par se retourner contre vous. Une fois la magie de l'instant passée, on apparaît comme quelqu'un d'un peu friable, une image qui peut vous coller à la peau à jamais.

Mais revenons à ce moment critique de ma vie où je m'apprête à passer directement du court Central, à la plate-forme qui le surplombe, dans les studios de France Télévisions, en qualité de consultant.

Géographiquement, c'est l'endroit le plus magique de Roland. On domine tout, on voit tout. On a vraiment l'impression d'englober complètement le tournoi. D'avoir une vision panoramique de l'épreuve.

Le fait que je n'aie pas eu à cogiter entre ma défaite et ma première journée de travail m'a évité le blues du jeune retraité. Car, d'entrée de jeu, je me suis vraiment régalé dans cet exercice.

Mon premier « professeur » a été Pierre Sled. Un garçon vraiment adorable. C'était l'époque du « multicourts » : une caméra par court. On était partout à la fois : une folie ! Pierre, que je connaissais d'avant (sans jeu de mots), m'a immédiatement mis à l'aise et m'a encouragé à ne pas essayer de rentrer dans le moule du consultant classique, purement technique. Il m'a dit : « Lâche-toi, sois toi-même. De ta part, on a plus envie de moments forts et d'anecdotes que de pure analyse de jeu. » Donc, ça a été relativement simple. La difficulté venait seulement de ces moments où je devais par exemple dire un mot sur un match qui venait de se terminer, alors que j'étais en train d'en suivre un autre ailleurs. « Alors, Henri, qu'est-ce que vous pensez de ce résultat ? Euh... » Là, il faut savoir improviser, mais bon, on s'y fait très vite. Autre difficulté pour moi : surveiller mon langage. La manière de parler à l'antenne n'est pas exactement celle qu'on emploie entre copains, même quand tout le monde vous demande de jouer la simplicité. Pierre (Sled) n'était pas le seul à m'encourager à m'engager dans la voie du naturel et à apprécier ce qu'on appelle mes « ritonnades », ces expressions qui n'appartiennent qu'à moi. C'était également l'avis de Lionel Chamoulaud, dont je suis l'ami depuis très longtemps, et de Gérard Holtz, avec qui j'ai eu des expériences assez marrantes à Roland-Garros, notamment une année où le vent soufflait tellement fort là-haut qu'on se serait cru au Paris-Dakar !

Dans les premières années, tous les journalistes de « France Télé » se sont donc employés à me former, à me mettre en confiance, et vraiment j'en profite, ici, pour les remercier de leur patience et de leur gentillesse. Car au début j'avais quand même un peu l'impression de marcher sur des œufs. Face à une caméra braquée sur vous quasiment tout l'après-midi, vous avez tendance à perdre un peu votre naturel, surtout quand vous êtes en costume et non plus en tenue de tennis ! Je me sentais un peu coincé, soucieux de mon apparence, de ne pas dire une bêtise, de répondre correctement à une question posée en direct... Mais c'est une très bonne école, dont la règle d'or est tout à fait en phase avec ce que je recherche : « Sois plus toi ! » me rappelait-on souvent.

Et à présent je suis « moi, moi, moi » sans souci. L'an dernier, j'étais en tandem avec Laurent Luyat, qui présente maintenant Stade 2. C'était la première fois qu'il couvrait Roland-Garros, et cela s'est très passé. Il avait aussi besoin de conseils pour savoir par exemple à quel moment il était préférable de passer d'un court à l'autre. Nous avons vraiment eu tout de suite le feeling. En fait, là-haut, c'est un peu comme si nous jouions en double. C'est « à toi, à moi », soudés quand il faut assurer, ce qui ne nous empêche pas de nous balancer des petites piques quand on maîtrise bien la situation. Du genre : « Henri, vos cheveux s'envolent, vous devriez mettre un peu de gel. » Apparemment, ma coupe de cheveux est un inépuisable sujet de conversation, car parmi les nombreux messages que je reçois des téléspectateurs (la plupart, adorables), il y en a plus d'un qui me demande effectivement... l'adresse de mon coiffeur !

L'an dernier, Cédric (Pioline) a rejoint notre équipe (qui comprend Guy [Forget], également, et depuis peu, Arnaud Bœtsch, un vrai pro à l'antenne) en faisant ses premiers pas comme consultant. Je ne vois pas du tout Cédric comme un concurrent, car nous sommes tellement différents ! Nous n'avons pas du tout le même registre, ni la même manière de concevoir le tennis, et je crois que c'est très bien pour les spectateurs de pouvoir bénéficier de sons de cloche différents.

Au micro, j'ai l'air de plaisanter comme ça, mais en coulisses, il y a tout un boulot à faire. Chaque jour, je cours dans tous les sens pour m'informer. Je lis la presse, les documents qui nous sont fournis par l'organisation, je parle à des tas de gens pour réunir des infos. Je prépare des interviews d'avant-match avec les joueurs, et je me suis aperçu que, lorsqu'on sait déjà pas mal de choses sur eux, ils vous en donnent encore plus quand vous les interrogez. Et le fait que j'ai été joueur avant eux les met en confiance, peut-être plus qu'un journaliste dont ils ont tendance à se méfier. Consultant, même en décontraction, c'est vraiment un dur métier, et d'ailleurs au bout de quinze jours, je suis « cassé ». Bien plus que si j'avais joué !

Après ma retraite, physiquement, j'ai sacrément accusé le coup. Quand vous arrêtez le sport, vous avez d'abord une bonne surprise : vous perdez du poids. Quatre kilos environ. Les muscles s'effacent, vous gagnez une taille de pantalon. Vous avez l'impression d'être plus léger, d'avoir de l'allure. Illusion fugitive ! Ces quatre kilos de muscles perdus, je les ai remplacés en quelques mois, par... douze kilos de gras ! J'ai eu un peu de mal à les traîner, physiquement et mentalement, comme je l'ai raconté dans un chapitre précédent, avant de retrouver peu à peu forme humaine, grâce au défi permanent constitué par le Seniors Tour.

Malheureusement, si cette organisation nous a fait gagner pas mal d'argent au début, tout en nous permettant de remplir des salles à travers le monde et de nous éclater comme des collégiens, le temps n'est plus tout à fait à la rigolade.

Deux facteurs nous menacent : l'un est économique, l'autre est sportif.

Economiquement, le circuit a subi de plein fouet la crise mondiale consécutive aux événements de septembre 2001, à New York. Il y avait à l'époque vingt-deux « tournois de vieux », et pas mal de sponsors et d'organisateurs en liste d'attente. Deux ans plus tard, il ne reste que huit tournois. Il n'y a pratiquement plus de sponsors intéressés aux Etats-Unis, et peu en Europe. Arnaud Bœtsch a tenté de monter un événement à Genève, il y a laissé quelques plumes, malgré un super-plateau et une organisation très pro. Les vedettes comme McEnroe demandent vraiment trop d'argent par rapport à la réalité du marché. Mac peut demander une petite fortune pour une semaine, mais il faut savoir faire des sacrifices pour ne pas tuer une poule aux œufs d'or qui, déjà, bat de l'aile.

Dans le même temps arrivent sur le circuit de jeunes retraités qui bientôt vont nous remplacer. Il y a le mythique Boris, mais aussi des Muster, Stich, Korda, et Cie, qui nous battent et nous poussent vers la sortie. Cela dit, je ne suis pas persuadé que le public préfère les voir jouer plutôt que Yannick, McEnroe ou moi, mais, d'un autre côté, on ne va pas s'incruster si le Tour exige désormais un niveau de jeu plus élevé et des têtes nouvelles.

J'étudie actuellement un projet de circuit qui conserverait l'esprit « Années 80 », quitte à abandonner le label ATP dont nous bénéficions actuellement. La caution de l'ATP n'est pas la panacée. L'ATP fait à mon avis une erreur en exigeant une organisation très stricte, à l'américaine, calquée sur le vrai circuit professionnel, avec classements, attributions de points, etc. Je crois que les gens se fichent un peu des scores et préféreront toujours les leaders charismatiques aux leaders mathématiques. Les gens veulent du spectacle avant tout, de l'émotion, une manière de revivre un peu leur jeunesse. En outre, le label ATP oblige les organisateurs à mettre la main au porte-monnaie avant même d'avoir pu contacter le premier sponsor ou le premier joueur : 110 000 dollars de mise de fonds ! De quoi décourager les plus entreprenants des nostalgiques ! C'est pourquoi je pense qu'il y a en France, et autour, un marché, plus modeste, pour monter une série d'exhibitions avec les anciens. Il faut raviver la flamme, peut-être avec un concept nouveau. J'ai quelques idées (encore en gestation) sur la question.

En attendant, je participe au Seniors Tour le plus assidûment possible, où j'obtiens régulièrement quelques victoires qui me font plaisir, notamment sur

John (McEnroe) ! Je m'entraîne comme un fou pour garder la forme, le plus souvent à Roland-Garros, avec Mansour Bahrami.

Avec Mansour, j'ai l'impression de bosser, mais de bosser dans la joie et la bonne humeur. Mansour Bahrami n'est pas seulement un amuseur des courts. Iranien d'origine, français par le cœur, citoyen du monde, c'est un homme d'exception. Quelqu'un que j'adore, que je respecte profondément. Que je considère comme un frère. Lui et sa femme Frédérique m'ont toujours soutenu dans les moments difficiles.

Pour résumer ma situation actuelle, je mène, comme je l'ai dit, un train de vie bien inférieur à celui que j'ai eu par le passé. Mais peu importe. J'aime travailler. Je suis un anxieux, mais pas un fainéant. A quarante ans, c'est très important de savoir se remettre en question. Accepter de redescendre, admettre les torts qu'on a eus, mais sans les ressasser. L'important, c'est aller de l'avant.

Je n'ai plus la joie de vibrer sur un court, mais je sens chez certaines personnes une vraie nostalgie à mon égard, et pas forcément triste. Je crois que les gens aiment se souvenir des bonnes choses et de leurs jeunes années. Guillaume Durand, dans une interview sur le tennis accordée à *L'Equipe* à Noël dernier – entretien qui, par ailleurs, m'a bouleversé tant Guillaume fut élogieux à mon égard – expliquait que nous n'aimons jamais rien plus que ce que nous avons aimé entre quinze et vingt ans ; qu'il s'agisse de musique, de sport, de littérature, ou de copains. Guillaume est quelqu'un que je connais depuis très longtemps. Lui aussi a traversé des déserts dans sa vie, et nous avons pas mal d'affinités. Sur ce point, je le rejoins tout à fait, je comprends vraiment ce qu'il veut dire. C'est vrai pour ma vie, je sens qu'elle produit un effet miroir pour les autres. Presque tous les « quadras » et « quinquas » d'aujourd'hui, qui ont aimé le tennis, me regardent vraiment avec un œil attendri, comme si je détenais encore des bribes de leurs propres émotions. C'est le même ressort que le site « Copains d'avant » où les gens cherchent à renouer avec des vieux copains de classe. Les gens nous aimaient bien, Yannick et moi, parce qu'on disait des « conneries ». Nous étions « humains », parfois grandioses, parfois affligeants, mais au moins on était vrais. Et quand nous nous mettions à poil, ce n'était pas notre corps tatoué que nous montrions, c'était notre âme. Et comme nous étions plusieurs dans ce cas-là, plus ceux qui voulaient cacher ce que tout le monde savait, nous avons fini par créer un univers où les gens se reconnaissaient, dans leurs forces et leurs fragilités.

J'imagine un McEnroe des temps modernes ! Quel carton il ferait ! Il serait le roi du pétrole ! Car si les joueurs se sont un peu « robotisés », le public, lui, a toujours les mêmes attentes. Envie d'être surpris, envie d'admirer, de critiquer, de rigoler, de causer, de s'identifier. Andy Roddick pourrait devenir un bon client, et d'ailleurs, ce n'est pas étonnant qu'il ait deux agents, un pour le tennis, un pour la jet-set ! Ça prouve qu'il a lui aussi franchi la barrière, le mur qui sépare le sport du reste du monde, pour entrer dans la dimension « people ». Tarik Benhabiles, son ex-coach, résume ça d'un seul mot : « Hollywood », mais c'est de ça dont le tennis a besoin. Roddick a une supériorité sur les autres, sa capacité à se lâcher. Et cela sert son tennis. Sur le court, il montre ses émotions ; à la ville, il sort avec des stars. Mais il n'outrepasse pas son rôle. Ne fait pas de politique, ni de propagande. Il est parfait ! Il a un peu un regard de fou qui effraie, mais que je trouve fascinant. On ne suit pas le tennis que pour le coup de raquette. On le suit aussi pour voir comment des gens différents, hors du commun, se débrouillent dans la difficulté, et comment ils assument ce qui leur arrive.

J'ai connu une assez longue traversée du désert après ma retraite. La presse m'a oublié, et c'est normal. Loin des yeux, loin du cœur ! Une année, l'année que j'ai passée aux Saintes-Maries-de-la-Mer, en tête à tête avec les flamants roses, ravitaillé par les corbeaux, je me suis sérieusement demandé si j'étais toujours vivant. Et puis, finalement, c'est revenu. Les magazines m'ont boudé un temps, et puis ils m'ont réintégré dans le jeu, sans que je fasse grand-chose pour cela, d'ailleurs.

Du jour au lendemain, les invitations ont commencé à tomber, à un rythme de plus en plus élevé. Peut-être aussi grâce à la présence de Florentine à mes côtés. Ex-mannequin, animatrice sur M6, elle connaît bien le monde des VIP et ses règles. Comme moi, elle apprécie cette ambiance festive et amicale. De temps en temps, un objectif nous intercepte, mais cela ne me dérange pas. Je ne vais pas faire, comme certains, des procès pour des photos prises dans des lieux publics ! Même si la photo n'est pas toujours à mon avantage. Un journal comme *Voici*, par exemple, aime bien passer des photos où le « people » n'est pas avantagé. Le léger écart de conduite, le petit bourrelet ou le regard hagard, font partie du fonds de commerce de ce type. Il n'y a rien qui fasse plus plaisir aux lecteurs que les imperfections des stars, mais c'est de bonne guerre ! Cela a quelque chose de rassurant, l'imperfection, chez les célébrités. Savoir qu'elles sont finalement « comme tout le monde » resserre les liens. C'est ainsi que ça fonctionne, c'est humain, et on n'y peut rien. Il faut l'accepter quand on veut faire partie de cet univers-là, tant que cela ne va pas trop loin dans la vulgarité ou la méchanceté.

J'ai la nette impression qu'il y a un regain d'intérêt envers ma personne, ces derniers temps. Peut-être parce que les gens ont envie de revisiter les années 80, mais aussi parce qu'ils voient que je suis à une période charnière de ma vie. Ni blasé, ni aigri, ni fortuné, ni à la rue, ni seul, ni remarié, actif… et toujours, toujours plein d'espérances. Ils savent que je reviens de loin. Ils voient que j'assume mon passé, ma personnalité, et que j'ai des projets, des rêves. Je crois que après avoir véhiculé des ondes négatives, j'ai inversé la tendance et que aujourd'hui, ce qui émane de moi est plus énergique, plus positif.

Je le vérifie à chaque manifestation où bien des gens, d'horizons multiples, viennent me serrer la main et discuter un petit peu. Il n'est pas rare que certaines personnes s'arrangent pour se retrouver à ma table, en se disant : « Au moins, avec Henri, on va se marrer ! »

Et c'est vrai que généralement, à l'extérieur, je m'amuse comme un petit fou. J'oublie tout. Je profite de ma chance, de ma jeunesse, de ma santé. Ce qui ne m'empêche pas d'essayer d'organiser sérieusement ma deuxième vie professionnelle, et de construire quelque chose de solide. Depuis quelques années, je suis un peu en transit, en équilibre entre deux villes, deux appartements, deux vies, avec juste le strict minimum qui me suit partout, et le reste, tous mes souvenirs, tout ce qui m'est cher, entreposé dans des cartons. Au garde-meubles.

Je rêve de trouver, avec Florentine et Jules son petit garçon, un endroit où je pourrais recevoir mes enfants confortablement, avoir des animaux, organiser des dîners. Me poser, enfin...

22

LA VRAIE VIE DES VIP

Je vis aujourd'hui dans le monde irréel de la communication où paraître est à la fois un luxe, un plaisir, mais aussi un job comme un autre. Certains possèdent des capacités naturelles pour cette activité très recherchée. On appelle ça le charisme. Une façon d'être, de se faire accepter, qui ne s'invente pas. On peut même dire qu'elle ne se travaille pas. Ça vous tombe dessus ou pas.

Faire partie du monde des « personnalités », c'est d'abord pour moi un honneur. Une forme de reconnaissance. Généralement, on est fier de cette distinction, en tout cas moi, je le suis à fond. Sans feindre d'ignorer les privilèges qui l'accompagnent. Il ne faut pas se voiler la face, ni jouer les candides : appartenir à ce milieu offre bien des avantages, ouvre des portes, facilite les contacts, fait progresser des projets beaucoup plus vite que dans des milieux plus conformistes. Quand quelqu'un a un message à faire passer ou un produit à vendre, la solution de le faire véhiculer par un « people » est une stratégie qui gagne à tous les coups. Les célébrités forment une caste, une nouvelle aristocratie que les marques ou les grandes causes cherchent de plus en plus à s'approprier. Personne ne pourrait payer en espaces publicitaires le dixième des parutions dont peut bénéficier un VIP recherché.

En fait, tout le système repose sur la base d'échanges où chacun peut trouver son compte. Le « people » fait évoluer son image à travers les magazines, ce qui, en plus de flatter son ego, lui permet de décrocher d'autres contrats ou avantages en nature.

Les magazines s'y retrouvent économiquement grâce à l'apport des pages de publicité qui relient les pages « people » entre elles. Les annonceurs, en plus des apparitions fortuites qu'ils peuvent avoir dans les pages rédactionnelles, achètent de l'espace, en étant sûrs de toucher cette catégorie de personnes qui s'intéressent aux stars, souvent également de gros consommateurs.

Quant aux lecteurs, ils s'offrent une part de rêve, un moyen de s'identifier... ou au moins un quart d'heure d'attente sympathique chez le coiffeur !

Il y a des « people » qui font semblant d'ignorer le fonctionnement du système qui les fait vivre, mais je n'en fais pas partie, car j'estime qu'il n'y a pas de honte à ça. C'est une réalité, ça fait partie des mœurs modernes. Et j'adore me prêter au jeu, tout simplement parce que c'est gratifiant d'y participer. Quand je découvre une photo de moi dans *Voici* ou *Gala*, ça me fait plaisir, même si je ne fréquente pas les soirées dans ce but-là. Si je ne suis pas en photo la semaine suivante dans le journal, je n'en fais pas une maladie. D'ailleurs, je n'achète pas régulièrement la presse. Ce sont souvent des amis qui me disent : « Tiens, on t'a vu dans *Hola*. »

Quand je regarde les photos dans une revue, c'est pour moi une joie comparable à celle qu'on éprouve en découvrant ses photos de vacances. On a envie de retrouver les sourires, les impressions des bons moments partagés. Je ne suis pas du genre à dire : « Qu'est-ce que cela va me rapporter ? » bien que je sache qu'indéniablement oui, ça « rapporte » quelque chose : un certain prestige, un degré de notoriété qui fait boule de neige. Plus on vous voit, plus on vous veut, et inversement.

Un système de contrats en bonne et due forme est apparu depuis quelque temps parmi les stars, inspiré d'ailleurs des contrats sportifs. Moi je n'en ai pas, mais de plus en plus de « vedettes » sont « sponsorisées », ou bien sont liées pour une période donnée avec des griffes de prestige. Ils monnaient leurs apparitions en public ou dans des soirées très privées. Beaucoup de marques misent désormais plus sur l'évocation des goûts d'une personne connue que sur une campagne de publicité traditionnelle. Ce sont l'identification et la part du rêve qui sont sollicitées, et je pense que le phénomène va se développer. Qu'on verra de plus en plus de « people » porter ostensiblement tel vêtement ou telle paire de lunettes, ou conduire telle voiture. Il n'est même pas question pour eux de faire de la « réclame ». Les marques ont compris l'attirance, pour ne pas dire la fascination qu'inspirent aux gens les stars du moment. Une nouvelle façon de communiquer est en train de voir le jour, donnant encore plus la vedette aux... vedettes ! Et en créant de nouvelles sur mesure.

Pour ma part, je me contente largement du rôle de figurant. Je suis invité un peu partout, et je vais où j'ai plaisir à me rendre, lorsque j'en ai le temps. Si l'on me réserve un cadeau – un téléphone portable ou une montre – comme cela se fait de plus en plus fréquemment, je l'accepte bien volontiers. Je ne vais pas le renvoyer à celui qui a la gentillesse de me l'offrir. Mais Dieu me préserve de passer dans la catégorie de ces mufles qui ne se déplacent plus *que* si on leur offre un cadeau, et encore pas n'importe quoi ! Et qui d'une certaine manière commencent à faire monter les enchères.

Il existe à présent, sur les listings des attachés de presse, une sorte de box-office des « people », étiquetés par catégories (les intellos, les artistes, les starlettes, les aristocrates, les sportifs : il faut de tout pour faire un monde !), et les plus demandés peuvent fixer leurs conditions. Moi, je n'entre pas dans ce business-là. Quand je donne une interview, je ne cherche pas à me vendre, mais simplement à partager mon intimité avec le public. Je ne le fais que pour mon plaisir, parce que j'aime vivre à l'extérieur de moi-même, en pleine lumière. J'ai peur de l'ombre. Très peur de l'ombre. Pour moi, l'ombre, c'est la mort.

On dit, c'est vrai : « Pour vivre heureux, vivons cachés. » Moi, j'insiste : « Pour vivre heureux, vivons dans la lumière ! Dansons ! Chantons et rions tous ensemble sous le soleil ! Partageons des moments inoubliables ! Croquons la vie avant qu'elle ne nous croque ! » Il sera toujours temps de rentrer chez soi, cultiver son petit jardin secret. Cela ne veut pas dire que je le néglige, mon jardin, bien au contraire ! Ou encore que je n'aime pas rester toute une journée, à deux, cachés sous la couette ! Mais j'ai toujours aussi fort en moi ce besoin de communiquer au plus grand nombre ce que j'ai de meilleur : ma joie de vivre, mon enthousiasme, le désir d'aimer et d'être aimé. Comme du temps où j'étais joueur. J'ai besoin de participer à une liesse collective, vivre comme dans un réveillon sans fin où tout est beau, scintillant et hors du temps. Loin des soucis terre à terre.

J'en connais plein, des gens comme moi, qui font semblant de ne pas y toucher mais qui crèvent de peur qu'on les oublie ou, pire, qu'on ne les remarque pas.

Nous vivons comme tout le monde, avec les mêmes peurs, le même stress, les mêmes joies, sauf que nos sensations sont décuplées en raison de leur exposition médiatique. Pris dans le tourbillon de la notoriété, notre temps de réflexion s'en trouve raccourci. Il faut toujours agir vite, se décider vite.

Beaucoup de gens veulent notre habit de lumière, mais après l'avoir endossé, ils sont nombreux à s'étonner de ce qu'il puisse être lourd à porter. Et encore, quand la notoriété repose sur un travail de longue haleine, une vocation, vous êtes plus ou moins prêt à faire face aux difficultés. Tandis que, lorsqu'elle vous tombe dessus du jour au lendemain, comme on gagne au Loto, alors là ! Danger !

Débarquer dans ce monde dépourvu de toute expérience médiatique, c'est débarquer dans la jungle sans armes. Surtout à la télé.

La télé, c'est la tour de contrôle de la société. Une bonne émission qui marche fait de celui qui l'anime la personne la plus en vue du moment. Mais la télé, c'est comme les milieux les plus recherchés, la pub, le sport, les arts, c'est aussi un champ de bataille. Ce que j'y trouve de fascinant c'est l'idée de me mettre en danger, de relever des défis, me remettre un petit peu en question, accepter les rivalités. Parfois même, j'imagine avoir ma propre émission. Je ne ferais ni du Druker, ni du Sébastien, ni du Denisot, ni du Cauet, je ferais du Henri Leconte !

Mais, il y a tout un aspect de la télévision actuelle que je laisserais de côté. C'est cette tendance qu'elle a de faire passer pour « réalité » des choses qui, justement, ne sont pas du tout naturelles. Car il n'y a rien de moins « naturel » que de devenir une star du jour au lendemain.

Le statut de « star » doit, à mon sens, consacrer le long processus choisi par une personne pour accéder à la réussite. C'est en cela que ces VIP sont d'une certaine manière « admirables ». Si l'étiquette de star vous est collée dessus arbitrairement, je ne vois pas là de quoi être fier. Cela me choque qu'on puisse prendre n'importe qui dans la rue, le couvrir de paillettes, et lui faire croire qu'il est fabuleux. Faire d'une personne prise au hasard une vedette du jour au lendemain est extrêmement dangereux. D'une part pour le public qui perd la notion de mérite : on ne devient plus vedette parce qu'on a travaillé, mais parce qu'on a eu de la chance ! D'autre part, pour la personne sélectionnée, qui sera utilisée comme un produit, puis jetée comme un Kleenex. C'est déjà dur d'assumer sa notoriété au terme d'une longue expérience, mais c'est bien plus traumatisant quand on n'a pas eu le temps de s'y préparer. Vous faites goûter au « gagnant » deux ou trois louches de caviar, et puis allez, hop, vous le renvoyez ronger son morceau de pain sec tout seul chez lui ? Je trouve cela cruel et, encore une fois, plus dangereux qu'il n'y paraît.

Quand je vois l'hystérie totalement disproportionnée que déclenche un membre de la Star'Ac sur les Champs-Elysées, je frémis à l'idée de savoir ce qu'il deviendra dans un ou deux ans s'il n'arrive pas à tirer son épingle du jeu. Laisser croire à tout un chacun qu'il peut devenir « quelqu'un » alors que rien d'exceptionnel chez lui ne le différencie vraiment de son voisin, n'est-ce pas pure démagogie ?

23

LA RECONVERSION

Lorsque l'on a passé la majorité de sa vie à ne penser qu'au tennis et uniquement à celui-ci, il est difficile de changer d'orientation du jour au lendemain.

Heureusement, la vie n'est faite que de rencontres et il y en a une qui fut déterminante pour moi voici trois ans.

C'est à cette époque, au cours d'un dîner, qu'on m'a présenté M. Fouad Mejjati qui devait devenir plus tard mon ami et associé. On s'est tout de suite bien entendus on parlait la même langue, on partageait les mêmes goûts, aussi bien pour les vins que pour les voitures, que pour...

Cet ami a fait mon apprentissage pendant une longue période, me permettant ainsi de me réaliser en tant qu'homme d'affaires. Il y avait une seule chose que je savais de par les trahisons et les déceptions, même des plus proches : c'est que ce monde-là, qui m'était alors inconnu, était rempli d'escrocs, de margoulins et de gens de peu de foi. C'est à ce moment-là que l'ado attardé a disparu pour laisser la place à l'homme que je suis devenu.

Aujourd'hui, je travaille toujours autant, je continue bien sûr à jouer au tennis ; je suis toujours le passionné que j'étais et c'est aussi en tant que consultant pour France Télévisions que je reste impliqué dans ce sport qui m'a tellement apporté.

Ma nouvelle vie me permet de m'investir dans divers domaines ; en effet, avec mes amis et associés Fouad Mejjati et Laurent Bunel, je suis partenaire dans une société d'événementiel, toujours autour du sport. En effet, comment résister à la magie de Roland-Garros mais aussi à celle des voyages ?

Cette activité me permet de beaucoup voyager, de découvrir des pays que je connaissais seulement à travers la fenêtre d'un hôtel ou de la terrasse d'un restaurant. Mais arrêtons un petit moment de parler de moi et rien que de moi.

J'aimerais vous parler de quelque chose qui me tient énormément à cœur, c'est l'association dont je suis le parrain en Belgique : « La Maisonnée ». Cette fondation dont le président est M. Jean Nicklaus, vient en aide aux enfants handicapés moteur. Elle rassemble des fonds afin de construire des maisons pour accueillir et aider ces enfants à mieux vivre. En effet, ils sont trop souvent abandonnés ou délaissés par leurs familles ou le système... ». Cette association les accompagne tout au long de leur vie, les aidant ainsi à réaliser leurs souhaits, leurs rêves, comme tout enfant. Mais je ne compte pas m'arrêter là : dès qu'il s'agit d'œuvres carritatives, en France ou à l'étranger, je réponds présent et reste ouvert à toutes propositions futures.

24

PASSIONNÉ D'AUTOMOBILES

J'ai eu la chance, tout jeune, dès que j'ai eu mon permis en fait, de faire la connaissance de pilotes de renom, tel Jacques Lafitte que j'adore. C'est un fou de voitures, de courses automobiles, de F1, mais aussi de tennis. Nous avons joué ensemble, il m'a fait conduire ses voitures, nos passions sont vraiment réciproques. Nous nous entendons super-bien tous les deux. J'ai eu également l'occasion de côtoyer Alain Prost, du temps de sa splendeur et, bien sûr, par la suite. Un grand bonhomme ! Nous avons atteint le sommet de notre carrière ensemble, puisque au moment où j'accède à la cinquième place mondiale, lui devient champion du monde de Formule 1 pour la troisième fois. C'était une époque exceptionnelle pour le sport mécanique en France, et le sport tout court, d'ailleurs. Nous étions voisins à Genève, et nous nous voyions assez souvent.

Le hasard a voulu que, dans le même temps, j'aie l'occasion d'approcher Ayrton Senna. Un souvenir absolument inoubliable, une chance inouïe, le rêve de tous les amateurs de F1 : j'ai passé deux jours avec lui au Castelet, à participer à des essais. A la fin, il m'a offert une de ses casquettes que j'ai conservée précieusement dans mon inséparable collection de casquettes. Senna, c'était quelqu'un de magique. La seule personne à qui je pourrais le comparer, c'est Borg. Car Ayrton était aussi mystique, voire plus mystique encore que le Suédois, dans sa manière d'appréhender la pratique de son sport, et surtout la compétition.

Parmi les grandes rencontres que j'ai faites dans le domaine des courses automobiles, je dois citer parmi mes vrais potes Eric Van de Vyver, le grand ordonnancier des courses classiques de voitures anciennes, qui est « ch'ti », comme moi, et avec lequel j'aime parler de ma tendresse pour le Nord, ma terre natale. Mais aussi Jean-Pierre Malchère, à Montlhéry, qui m'a énormément appris. Ainsi que Jean-Pierre Fleur, le célébrissime « Pipo », qui fait les moteurs des Peugeot-Sport dans les rallyes.

Claudio Compagnolo fait partie de mon cercle intime. Je peux même dire qu'il est l'un des rares à qui je pourrais téléphoner à n'importe quelle heure de la nuit si j'avais un gros coup de mou et que je me trouve seul. Ils ne sont pas plus de cinq dans mon entourage à m'inspirer une telle confiance. Nous nous sommes rencontrés lors d'une édition du Trophée Andros. On m'avait donné son nom pour m'indiquer avec qui je partagerais ma voiture mais, je ne sais pas pourquoi, j'étais persuadé qu'il s'agissait d'une skieuse ! C'est pourquoi je fus si surpris de voir arriver un homme au gabarit impressionnant. Le courant est passé très vite, il m'a encouragé au point que, dernier à la suite des essais, j'ai tout de même fini troisième au classement général ! Claudio est un gars du Nord, comme moi. C'est peut-être ce qui nous rapproche, au-delà de la passion automobile.

Mais comment ne pas évoquer la fascination qu'exerce sur moi Jean Ragniotti, le plus fantasque des pilotes de rallyes. A près de soixante ans, c'est lui l'homme clé des cascades de *Taxi*. C'est une légende, un cador, qui n'a pas son pareil pour se garer en tête-à-queue dans un trou de souris devant un restaurant ! Ni pour sabrer le champagne avec un club de golf, ou bien organiser des concours de putting à une heure du matin avec des balles fluorescentes : à qui drivera le plus loin ! Jean Ragniotti, c'est un gars capable de profiter de son avance sur un rallye de Monte-Carlo pour faire une pause dans un virage et sortir son pied par la fenêtre uniquement pour se marrer ! Et le coup du volant ? Et celui du chien ? Un jour, lors d'un essai, il pilotait sa voiture et découvrit, en pleine course, que son volant n'était pas bien fixé : « Oh, les cons », s'écria-t-il, à l'adresse des mécaniciens qui – une fois n'est pas coutume – avaient dû commettre une petite erreur. Jeannot bricola le volant comme il put, passa une première fois devant son stand en brandissant son pouce d'un air satisfait : « Tout va bien ! » Mais, au deuxième tour, il ôta le volant de sa fixation, continua de piloter d'une main avec la pièce fixe, et, de l'autre, balança le volant par la fenêtre sans dire un mot, en continuant sa route comme si de rien n'était. Les mécanos ne furent pas moins étonnés que ce jour où Jean se laissa glisser sous le niveau où il pouvait encore être aperçu, en ayant pris soin de placer son chien sur lui, les deux pattes avant posées sur le volant, comme si l'animal pilotait tout seul ! Une photo a immortalisé cette scène mythique et célébré l'humour indéfectible du personnage. Un humour qu'il cultive avec beaucoup de constance dans l'effort, et un certain panache, comme en témoigne son arrivée remarquée lors d'une fête somptueuse organisée par Renault, dans un château. Au bout de l'allée principale, il découvrit qu'un plan d'eau de taille raisonnable le séparait de l'aire de réception. Il informa son épouse qu'au lieu de le contourner, il envisageait de le franchir en faisant vrombir le moteur de sa R21 turbo. Une erreur d'appréciation de la distance allait lui être fatale. Au beau milieu de son envol, la voiture retomba à plat dans l'eau, face aux invités interloqués qui se souviendront longtemps de la voiture s'immergeant lentement, alors que le pilote et sa patiente épouse plaçaient les valises, et surtout leur fameux chien, à l'abri sur le toit avant l'arrivée des secours !

Grâce aux encouragements de tous ces professionnels de la course, j'ai commencé à bien rouler et à participer à deux ou trois courses... L'une des mes favorites est le Trophée Andros, où j'ai connu plein de gens formidables, dont Jean-Marie Bigard : un amour, ce type ! Des soirées avec lui, c'est exceptionnel, encore plus qu'on ne peut l'imaginer, à mourir de rire, littéralement ! Il n'arrête pas une seconde de déconner ! J'ai remporté les vingt-quatre heures de Chamonix, avec Christophe Dechavanne, et aussi avec Franck Lagorce, mon pote jusqu'à aujourd'hui.

En fait, j'ai découvert la conduite sur glace un peu par hasard, en 1991, à cause de la guerre du Golfe ! J'étais à Chamonix pour me préparer à une rencontre de Coupe

Davis en Israël. Mais en raison des événements, la Fédération internationale de tennis fut obligée de reporter la rencontre, qui se disputa finalement deux mois plus tard, à Rennes.

Ces « vacances » inespérées furent pour moi l'occasion de participer aux vingt-quatre heures de Chamonix. Où je fis la connaissance de Jean Alesi. De fil en aiguille, de présentation en présentation, et parce que j'avais chaque fois un très bon feeling avec les coureurs et les personnalités du monde automobile (entre passionnés, c'est normal), j'ai rencontré Berger, et Flavio Briatore. Puis Bernie Ecclestone, par l'intermédiaire de Ion Tiriac, car ils se connaissent très bien, et ainsi de suite... Je suis devenu très pote avec Eddy Jordan, quelqu'un d'atypique dans ce milieu, mais que j'apprécie énormément. Il est l'un des personnages les plus extravagants qu'il m'ait été donné de fréquenter. Chaque fois que je le retrouve, je pense à nos vacances au ski, à l'occasion de son anniversaire où je lui avais offert un bonnet... de diable, car pour moi, Eddy, c'est « The Devil ». Ce bonnet lui plut tellement qu'il ne le quitta pas pendant trois jours !

Je connais aussi assez bien Jean Todt, mais je ne suis jamais allé visiter les usines Ferrari. C'est mon rêve, alors peut-être qu'un jour... J'ai vu des essais chez McLaren, avec Mansour Ojjeh, à l'époque Prost-Senna : des souvenirs extraordinaires ! Massour Ojjeh est un homme qui a une classe folle : grande renommée, grande fortune, mais des attentions de camarade de classe. Une année, alors qu'il me savait au fond du gouffre, tout seul, en convalescence dans une chambre de l'Intercontinental, à Paris, à la suite d'une de mes opérations du dos, il est passé en toute simplicité au volant d'une tout petite bagnole sans chauffeur, uniquement pour me faire un petit coucou et me remonter le moral ! Sympa, non ?

J'aimerais plonger davantage dans ce milieu qui m'a toujours attiré. La vitesse est une des sensations les plus fabuleuses que vous procure la vie. Mais l'automobile, ce n'est pas une activité de frimeur. C'est un sport mécanique, technique, qui peut être dangereux, surtout lorsque les règles ne sont pas respectées. On ne peut pas être là en représentation. Ni entre deux autres passions, ou deux activités. Il faut y consacrer du temps, s'y investir sur le long terme. Avoir des aptitudes, c'est une chose, mais la pratique est indispensable. Il faut beaucoup rouler, rouler, s'entraîner. Ce n'est pas parce que vous êtes apte à faire quelques courses que vous avez le niveau d'un vrai pilote. On me demande souvent si je me comporte au volant comme je joue au tennis. La réponse est... Non, parce que sinon, je finirais dans le rail ! Comme Agassi ! ! ! Je rigole en repensant à mes premières sensations de conduite un peu sportive. C'était lors du tournoi de Stuttgart, un tournoi d'été sur terre battue, très prisé parce que les organisateurs invitaient les joueurs à des essais *drive*. En fait, une fois sur place, nous ne pensions plus qu'à nous retrouver sur le circuit. Un moniteur nous y donnait les consignes de base. Les exercices de routine consistaient à faire un petit slalom entre une vingtaine de cônes de couleur, puis accélération, coup de frein à main brutal, tête-à-queue et retour. Le premier à passer fut Miloslav Mecir, alias « Le Chat », un Slovaque doté d'un coup de patte exceptionnel, mais un joueur qui avait l'air de sortir d'un film passé au ralenti. Une fois dans la voiture, il embraya et fit vrombir le moteur, mais à sa façon : « Vraoum... vroum... » Vitesse de pointe : 30 km/h ! Nous étions morts de rire : « Eh, Milos ! C'est une voiture de course que tu as entre les mains, c'est fait pour rouler vite ! – Mais, je roule, vite ! » nous répondit-il, sans se départir de son flegme.

Puis vint le tour d'André Agassi. Démarrage en trombe, façon frimeur (c'était bien avant sa rencontre avec Steffi Graf), il commença par envoyer valser tous les cônes et, au moment du coup de frein, il se paya la frayeur de sa vie en partant en *strike*, incapable de contrôler sa voiture qui glissa comme une savonnette en direction d'une rangée de bagnoles garées sur le côté. On a tous vu le moment où André allait s'encastrer dedans, mais non, le véhicule a perdu peu à peu de sa vitesse et s'est immobilisé à deux centimètres du premier obstacle. Dédé a toujours été verni !

Mon rêve secret aujourd'hui, c'est le Dakar, mais chut ! ! !

25

FLORENTINE

On s'est connus, on s'est reconnus
On s'est perdus de vue, on s'est r'perdus de vue
On s'est retrouvés, on s'est séparés
Dans l' tourbillon de la vie

« Le Tourbillon de la vie ». La chanson de *Jules et Jim*, de Cyrus Bassiak, interprétée par Jeanne Moreau.

J'avais rencontré Florentine il y a plus de dix ans, sans savoir qu'elle deviendrait un jour « ma Flo ». A cette époque-là, c'est à peine si nous nous étions adressé la parole. Je crois que je ne l'attirais pas beaucoup, et moi, je la trouvais trop grande.

Et puis un beau jour, en octobre 2002, je l'ai revue au Salon de l'automobile, passion que nous partageons. J'ai appris par la suite que, ce jour-là, elle avait songé à se cacher parce qu'elle ne se trouvait pas assez jolie. Mais il n'y a que les montagnes qui ne se rencontrent pas et là « paf, le chien ! », je la vois avant qu'elle ne s'envole, Flo c'est mon Mirage 8000...

Nous échangeons des banalités, nous parlons de tout et de rien, notre maladresse nous fait rire, c'est peut-être même à ce moment-là que l'étincelle est apparue ; on échange nos numéros, et c'est d'ailleurs au téléphone que notre relation débute et uniquement au téléphone. Nos emplois du temps ne concordaient jamais, à croire que le sort s'acharnait contre nous. Je crois que c'est ce que Flo a dû penser, car, alors que j'étais sur la route pour Genève et que nous étions au téléphone, c'est Flo qui prit les devants et se livra. La conversation devint tout d'un coup plus profonde, plus sincère. On passait d'une relation lointaine à un moment intime et plein de valeurs, de vie. On parle d'enfants, de famille ; j'apprends à cet instant qu'elle n'a plus ses parents, qu'elle élève son fils Jules seule, c'est à ce moment que l'horizon bizarrement s'éclaircit, la solitude dont nous étions victimes devient un premier élément fondateur de ce qui deviendra notre histoire.

Et là, je réalise que j'ai devant moi une mère, une femme, une vraie, avec ses faiblesses, ses craintes et ses démons et pourtant aussi avec tant de courage et de force.

Un sentiment étrange m'envahit, et tel le prince charmant sur son destrier (pauvre voiture !), je fais demi-tour et ne pense qu'à une chose, retrouver ma Flo. A mon arrivée, nous allons dîner au Costes, ce qui par la suite deviendra notre rituel du dimanche soir. Au cours de ce dîner, un moment d'exception se crée, ce qui n'était qu'entre parenthèses devient une réalité, le sentiment étrange du déjà vu, ce moment où le temps se fige et où plus rien n'a d'importance, où le sentiment amoureux naît, ce sentiment étrange où l'on sent le besoin d'aimer et d'être aimé. Je la voyais grande, belle, majestueuse, et à la fois si petite fille.

Florentine est une jeune femme formidable, une « géante » qui, comme moi, a énormément souffert sentimentalement. D'entrée, quand elle a vu que j'étais à la fois très attiré par elle, mais en même temps résolument sur mes gardes, elle m'a expliqué ce qu'elle ressentait, elle, dans la peau de l'archétype « grande blonde », au physique tape-à-l'œil. Ex-mannequin, elle avait l'habitude d'être considérée comme un objet de convoitise, menée en bateau, et laissée seule à quai. Elle m'a fait remarquer que la méfiance que j'éprouvais à son égard, elle l'éprouvait tout autant en retour. Le fait d'avoir été honnête l'un envers l'autre nous a rapprochés, et c'est ainsi qu'une nouvelle histoire est née.

Peu à peu, Florentine m'a aidé à reprendre confiance en moi, un peu à la manière d'un coach. Elle trouvait que j'avais un look un peu trop classique, alors à coups de petits régimes, de gros câlins et de conseils vestimentaires, elle m'a transformé. Rapidement, je me suis senti vivre. J'ai eu l'impression de me trouver exactement au meilleur moment de ma vie, c'est-à-dire avec plus de maturité, mais toujours autant de vitalité. Flo met du piment dans ma vie, avec sa fantaisie et ses audaces.

Ma Flo, je la vois grande dans l'attitude, dans le cœur, dans la sincérité de l'amour qu'elle me porte, malgré mon caractère, mes incertitudes, mes défauts, mes fantômes. Qu'elle puisse m'accepter avec tout ce que ça engendre me montre à quel point son amour existe. C'est la première fois que j'ai autant confiance dans une femme ; je n'éprouve ni crainte, ni angoisse, on appelle ça l'amour.

Très honnêtement, je n'y croyais plus, à l'amour

avec un grand A, aussi simple et aussi magique qu'il doit être sans effort, sans jeux, sans compétition ni chantage.

Le livre se termine et je suis heureux, parce que, aujourd'hui plus qu'hier, nous ne formons plus qu'un envers et contre tous ; ensemble, et je dis bien ensemble, avec nos enfants, nous vivons notre histoire et cette famille dont nous rêvions, c'est aujourd'hui une réalité : elle est là. Personne ne peut la remettre en question, même si ça gêne, même si notre amour dérange. Je sais que ça en vaut la peine. Je souhaite du plus profond de mon être qu'avec ma Flo, nous allions ensemble, jusqu'au bout. Je l'aime et j'aime son fils, « El Julito », comme mon fils.

Voilà, vous l'avez compris, aimer, être aimé sont à mes yeux les plus belles formes d'aboutissement d'une vie. Celui auquel j'ai aspiré de toutes mes forces.

EPILOGUE

ENTRE CANICULE ET TEMPÊTE

Roland-Garros, 1998. Un gars plutôt sympathique bien qu'un peu insistant vient me trouver pour me demander de venir inaugurer son club de tennis, à Chénérailles, dans la Creuse, à côté d'Aubusson, durant l'été. Je me montre poli, mais ferme, et je réponds naturellement : « Non, merci, je n'ai pas l'intention de passer mes vacances dans la Creuse. »

Le lendemain, il revient, me repose la même question qui entraîne la même réponse. Et ainsi de suite, chaque jour de la première semaine... Le mercredi de la deuxième semaine, à bout de forces, je craque, et je dis d'accord, je viens. Le mec, ravi. On se tape dans la main, ce qui chez moi vaut tous les contrats.

Quand le jour fatidique arrive, je décide de partir en voiture, avec Maxime, par une chaleur caniculaire, en direction de Guéret, charge à nous de trouver le club en question le moment venu.

Mais à deux cents kilomètres de l'arrivée, ma voiture se met à chauffer. Nous sommes obligés de nous arrêter sur une aire d'autoroute pour constater les dégâts : moteur HS.

J'appelle le club. Je tombe sur son fameux messager, qui me dit : « Pas de problème, on envoie quelqu'un vous chercher. » Avec Max, on commence à jouer au foot, avec des gens qui se trouvaient également sur l'aire de repos. C'était les vacances, il faisait chaud, tout le monde était cool. On était bien.

Au bout d'un certain temps, nous apercevons au loin une espèce de voiture d'un autre âge roulant lentement vers nous. Et là, c'est le coup classique, je ne sais pas si vous voyez ce que je veux dire ? Quand rien n'indique que la catastrophe qui se prépare est pour vous, mais vous, vous savez déjà que ça ne fera pas un pli !

De la bagnole descend un personnage étrange, tendance baba cool, cheveux longs, mais mine patibulaire, accompagné de son épouse. Ils se présentent : Yves et Guislaine Debujadoux. Moi : « OK, c'est Surprise sur prise, c'est très drôle. » Et je monte dans la voiture, persuadé qu'il s'agit d'un gag. Impression renforcée au péage quand je m'aperçois que mes nouveaux amis ont perdu leur ticket. Palabres, explications abracadabrantes, incompréhension totale des deux parties. Au bout d'un quart d'heure, nous repartons vers notre destination finale, moi toujours persuadé d'être tombé dans un traquenard. Le chauffeur s'adresse à moi : « Bon, on est en retard, mais cette fois, nous ne sommes pas loin “ du ” court. » Je m'étonne : « Ça veut dire quoi “ du ” court ? Ce n'est pas un club qu'on inaugure ? – Non, non, c'est un court, mais un beau court, en pleine forêt. Vous verrez, c'est très joli ! »

Et effectivement, nous arrivons au bord « du » court, accueilli par un maire de village tout rouge et complètement rond à cause de la chaleur et des quelques Pastis qu'il avait eu la faiblesse de boire pour tromper l'attente. Mais alors que je m'attends toujours à voir surgir une équipe de télé, je tombe sur une foule de cinq cents spectateurs, chauds-bouillants, prêts à assister comme prévu à la cérémonie d'inauguration, malgré un retard considérable.

Nous passâmes une journée formidable. Le soir, on me dit que faute d'avoir trouvé un hôtel à ma convenance, on m'accompagnerait non loin de là, à Saint-Hilaire, dans une chambre d'hôte. Je fus subjugué par le lieu que j'allais découvrir, et surtout par l'accueil qui me fut réservé. Le château ressemblait au décor des *Visiteurs*, et son propriétaire, M. Fontan, nous reçut, Maxime et moi, comme des princes. Finalement, j'allais y rester huit jours, totalement sous le charme de la forteresse et de ses environs. Je devins très vite l'ami du propriétaire et du fameux couple Debujadoux auquel il était arrivé une histoire assez incroyable. Eux aussi étaient tombés sous le charme d'un château de la région, du XVIIe siècle, dans le coin. Une fois devenus propriétaires, ils apprirent, en faisant des recherches pour savoir qui avait construit cette somptueuse demeure et se cachait derrière les magnifiques armoiries, que c'était tout simplement une branche de leurs propres aïeux !

L'année suivante, à Noël 1999, je décidai d'emmener toute ma famille – parents, enfants – passer les fêtes là-bas. En allant rechercher Luna à Paris, mon père, mon beau-frère et moi-même fûmes pris dans la tempête qui ravagea une partie de la France. Du château, tout le monde nous déconseillait de poursuivre notre périple, mais nous avions tous tellement envie d'être réunis que nous persistâmes, jusqu'à ce que nous nous retrouvâmes sur une route barrée, balayée par des vents apocalyptiques qui faisaient tomber les arbres comme des baguettes de Mikado.

Tant bien que mal, nous gagnâmes Guéret où le seul endroit éclairé était l'hôtel de la Gare. Le patron nous ouvrit sa porte et nous proposa deux chambres modestes, avec W.-C. à l'étage, sans jamais se départir d'un énigmatique sourire. Au bout d'un moment, il me fit savoir la cause de sa jovialité : « Ça me fait plaisir de vous recevoir dans mon hôtel, me dit-il, parce que, dans ma vie, il n'y a que deux personnes célèbres qui ont dormi ici : " l'Etrangleur " et vous ! »

Nous avons tous explosé de rire.

Rien que pour ces moments-là, je suis content d'avoir été, et de m'efforcer d'être encore, Henri Leconte, joueur de tennis des années 80, amoureux de la vie et des gens d'exception. Avide de vraies surprises et d'improbables rencontres.

Remerciements
à

Olivier d'Istria, Jean-Daniel Lorieux, Nicolas Arsov (*Sipa Press*), Jean-François Deroubais (*Agence Gamma*), G. Nencioli (*Fondation Laureus*), Christian Richard (*Le Cheval français*), Youri Zakovitch, Philippe Wagner (*Atelier Foto, Marbella*)

et mes parents.

Né un 4 juillet...

- Henri Leconte est né à Lillers (Pas-de-Calais), le 4 juillet 1963.

- Il mesure 1,85 mètre et pèse 80 kilos.

- Divorcé, deux enfants.

- S'il n'a jamais remporté de tournois du Grand Chelem – finaliste à Roland-Garros en 1988, demi-finaliste à Roland-Garros (1986 et 1992) et à Wimbledon (1986) –, il a marqué l'histoire du tennis par le génie de son jeu et par des victoires acquises sur tous les meilleurs joueurs du monde. Il s'inscrit parmi les gauchers les plus célèbres de ce sport : Laver, Connors, McEnroe, Vilas...

- Vainqueur avec la France de la Coupe Davis, en 1991, à Lyon (contre les Etats-Unis).
  Finaliste (contre les Etats-Unis) en 1982, à Grenoble.

- Vainqueur à Roland-Garros en double (avec Yannick Noah) en 1984.

- Il a touché sa première raquette à l'âge de six ans, en accompagnant sa maman, Laurette, et son papa, Jean, au TC Joinville, puis au CA Vincennes, avant d'intégrer la filière fédérale (INSEP) qu'il quittera quand il sera repéré par Ion Tiriac à l'âge de dix-sept ans.

- Passé professionnel officiellement en 1980, il met un terme à sa carrière en juillet 1996.

- Son meilleur classement ATP en simple fut le numéro 5, le 22 septembre 1986 (numéro 6, en double, le 18 mars 1985).

- Il a disputé seize finales sur le circuit ATP, et remporté neuf titres en simple (Stockholm (1982) ; Stuttgart (1984) ; Nice, Sydney (1985) ; Genève, Hambourg (1986) ; Nice, Bruxelles (1998) ; Halle (1993). Dix titres en double.

- Le total de ses gains acquis en tournois officiels s'élève à 3 917 596 dollars.

- Au total, il a disputé 250 tournois, 646 matchs, dont 377 victoires, et 269 défaites, réparties ainsi :
  Indoor : 64/57.
  Dur : 90/70.
  Terre battue : 163/109.
  Herbe : 60/33.

- Records en Grand Chelem (et meilleur résultat) :
  Australian Open : 8 victoires – 7 défaites (huitième de finale en 1985).
  Roland-Garros : 27 victoires – 15 défaites (finale en 1988 ; demi-finaliste en 1986, et 92).
  Wimbledon 26 victoires – 13 défaites (demi-finale en 1986).
  US Open : 17 victoires – 9 défaites (quart de finaliste en 1986).

Table

Cet ouvrage a été composé et imprimé par la
SOCIÉTÉ NOUVELLE FIRMIN-DIDOT
Mesnil-sur-l'Estrée
pour le compte des Éditions Plon
76, rue Bonaparte
*Paris 6e*
en mars 2004

Imprimé en France
Dépôt légal : mars 2004
N° d'édition : 13752 – N° d'impression : 67476